異世界でチート能力を手にした俺は、現実世界をも無双する
～華麗なる乙女たちの冒険は世界を変えた～
I got a cheat ability in a different world, and became extraordinary even in the real world.
GIRLS ガールズサイド SIDE
「あ、あの……どうかしましたか
JN019028
Character
ティト
とても稀少とされる"白猫"の獣人の少女。『爪聖』の弟子でもあり、その身に規格外な力を宿している。旅の途中だったレクシア&ルナと出会う

「ねぇ見て、サハル王国の民族衣装ですって！」
Character
レクシア・フォン・アルセリア
アルセリア王国の第一王女。すべてがチートな少年・天上優夜の（自称）婚約者の名に恥じぬよう、悩める人々を救うために世界を巡る旅に出る
「ふぁ、は、恥ずかしいです～……」

サハル王国観光
Character
ライラ・ドゥ・レガル
魔法大国・レガル国の王女にして、自身も類い稀な魔術の才能を誇る少女。南方のサハル王国から政略結婚の申し出を受けた彼女が選ぶ道は……!?
「普段着ているドレスよりも軽くて涼しいですわね」
「少し派手すぎやしないか?」
Character
ルナ
レクシアの護衛を務めている、元・凄腕暗殺者の少女。レクシアとともに世界を巡る旅に出立するが、その道中でも彼女に振り回されてばかりいる

Contents

「実は密かに嫁入り修業を……
いや、なんでもない」

I got a cheat ability in a different world, and became extraordinary even in the real world. GIRLS SIDE

異世界でチート能力（スキル）を手にした俺は、現実世界をも無双する ガールズサイド

～華麗なる乙女たちの冒険は世界を変えた～

琴平 稜

原案・監修：美紅

ファンタジア文庫

3266

口絵・本文イラスト　桑島黎音

異世界でチート能力を手にした俺は、現実世界をも無双する ガールズサイド
～華麗なる乙女たちの冒険は世界を変えた～

I got a cheat ability in a different world,
and became extraordinary even in the real world. GIRLS SIDE

Ryo Kotohira original:Miku illustration:Rein Kuwashima

プロローグ

「はあ。つまらないわ」

人々が豊かに暮らす平和な国、アルセリア王国。

その王都にそびえる王城の一室で、一人の少女がため息を吐いた。

陽光を切り抜いたような金髪に、華奢な身体を包む淡色のドレス。白磁の肌は滑らかに透き通り、翡翠色の瞳は今にも零れ落ちそうに大きい。

憂いげな顔で空を眺めてるのは、アルセリア王国の王女レクシアだった。

レクシアは、国王であるアーノルドと、ハイエルフの母との間に生まれたハーフエルフだ。母はレクシアを産んですぐに亡くなってしまったが、その美貌を受け継いで、人形と見紛うような可憐な少女に育った。

性格はおおいに前向きでおてんば。思い立ったらすぐ実行に移さなければ気が済まないという王女らしからぬ大胆さと行動力を備え、父である国王や側近たちを困らせることもしばしばだが、分け隔てない明るさと親しみやすさによって、国民から高い人気を誇っている。

そんなレクシアは、深窓の令嬢よろしく、珊瑚色の唇から淡い吐息を零した。

「あーあ。ユウヤ様は、今頃どうしているのかしら？」

青空に、遠いどこかにいるであろう黒髪黒目の少年を思い描く。

——天上優夜。

かつて、強大な魔物が跋扈する【大魔境】でレクシアの命を救ってくれた恩人であり、レクシアが想いを寄せる少年である。

規格外の強さで無双を誇りながら、本人は至って謙虚で誠実。困っている人を見れば、見返りを求めることなく手を差し出す。

そんな優夜の優しさと強さに心惹かれたレクシアは、彼と結婚すると決めたのだった。

——だが、それはあくまで一方的な話。

優夜は「恐れ多いから遠慮します……！」と言ったはずなのだが、レクシアはすっかり婚約者の気分だった。

「はあ、婚約者なのに、最近全然会えていないわ。ユウヤ様はお忙しそうだし、私も公務が立て込んでいたし……お淑やかな笑顔を振りまくの、疲れちゃった」

「婚約者って……そもそも、きちんと公務をこなすのが王女であるお前の務めだろう」

壁際（かべぎわ）から涼しげな声が上がる。

レクシアが振り返ると、壁に背を預けた少女が、呆（あき）れたように腕を組んでいた。

月光の如（ごと）き銀髪に、青く澄んだ瞳。ほっそりとした身体は美しく引き締まり、身体能力の高さを窺（うかが）わせる。

「だいたい、ユウヤにはユウヤの生活があるだろう。駄々をこねるな」

「何よ。そんなこと言って、ルナだって寂しいくせに」

「まあ、会いたくないと言えば嘘（うそ）になるが……」

口を尖（とが）らせるレクシアに、ルナと呼ばれた少女は浅く息を吐いた。

その華奢な見た目とは裏腹に、ルナはかつて闇ギルドに所属する凄腕（すごうで）の暗殺者であった。

闇ギルドでも一、二を争う実力の持ち主――【首狩り】として名を馳（は）せていたルナは、依頼を受けてレクシアの命を狙ったことがある。

だが、その計画は優夜によって阻止された。そして、孤児として育ち、孤高の暗殺者として生きる道しか知らなかったルナ自身もまた、優夜と交流し、心を交わすことで人の温かさを知り、救われたのだ。

その際に、標的であったレクシアが『私の護衛になりなさい！』と命じたことで、ルナは闇ギルドを抜け、今はレクシアの護衛（兼お守（も）り）として行動を共にしている。

奔放で突拍子もないレクシアに時折呆れながらも、ルナはこうして傍(そば)を離れることなく、忠実に護衛としての務めを果たしているのだった。

「はぁ、ユウヤ様に会いたいわ。こんなに会えないなんておかしいわよ、私とユウヤ様は婚約者なのに」

「それはお前が一方的に決めたことだろう。……まあ、ユウヤも一人だと寂しいかもしれないからな。お前が忙しいなら仕方がない、代わりに私がユウヤの傍にいてやろう」

「ちょっとおおお!? そんなこと許すわけないでしょおおおお!?」

豪華な部屋に、賑(にぎ)やかな言い合いが響く。

レクシアとルナは、王女と護衛であると同時に、優夜を巡る恋のライバルという関係でもあるのだった。

いつものやりとりを終えて、レクシアは頬杖(ほおづえ)をついた。

「ユウヤ様はどんどん活躍しているし、次に会う時にはきっとまた強くなってるわ。このままじゃ、夫婦の差が広がる一方よ……」

「だから夫婦ではないだろ」

優夜の強さはとにかく規格外で、レクシアたちが知らない内にとんでもない功績を成し遂げ、周囲の度肝を抜くことが度々あった。

自称婚約者であるレクシアは、そんなユウヤの活躍を誇らしく思うと同時に、離れている間に差が開いていくことに焦りを感じていたのだった。

レクシアは流れる雲を眺めながら、思いを巡らせ――

「そうだ、いいことを思いついたわ！」

レクシアは呆れ顔のルナの方に振り返ると、翡翠色の瞳を輝かせて宣言する。

「旅に出るのよ！」

「……は？」

呆けた声を零すルナに構わず、レクシアは声を弾ませた。

「私もユウヤ様にふさわしい婚約者になれるように、色んな事を経験して成長しなくちゃ！　そのためには、旅が一番だと思うの！　そうよ、お城に籠もってばかりじゃ何も変わらないわ！　旅に出ましょう！」

「お前、自分が何を言っているのか分かっているのか？　旅に出るなど、一国の王女に許されるわけが――」

「もちろん、ルナも一緒よ？」

「なっ⁉　勝手に決めるな！」

「だって私の護衛だもの、連れて行くに決まってるじゃない」

「……ならば当然、オーウェンも連れて行くんだろうな？」

オーウェンというのはレクシアの護衛で、性格は実直にして厳格、一流の剣の腕を持つ騎士である。古参の護衛であると同時に、暴走しがちなレクシアを止めることができる、数少ないお守り役でもあった。

しかしレクシアは、きょとんと瞬(まばた)きした。

「え？　連れて行くわけないじゃない。オーウェンがいたら好き勝手できないもの。護衛なら、ルナがいれば十分でしょ？」

「好き勝手って、お前なぁ……」

「そうと決まれば、お父様に直談判(じかだんぱん)よ！　私とルナの旅、絶対に認めてもらうんだから！」

「待て、レクシア！　まだ行くと決めたわけでは……おい⁉　話を聞け！」

部屋を飛び出すレクシアを、ルナは慌てて追いかけたのだった。

＊＊＊

「――今、なんと？」

謁見の間。

赤いマントを羽織り、頭に王冠を戴いた壮年の男――アルセリア国王アーノルドは、唖然と呟いた。

厳かな佇まいに、往年の美青年っぷりを彷彿とさせる整った顔立ち。しかし今、その顔は呆気に取られ、威厳に溢れているはずの声は、驚きのあまり掠れていた。

「旅に出たいの」

呆然とする父をきらきら輝く瞳で見つめながら、レクシアは臆することもなく繰り返す。

「ユウヤ様は、私が知らない間にどんどん強くなって、今もきっとたくさんの人を救っているわ。私もユウヤ様の婚約者として、悩める人や国を救う旅に出たい――いいえ、もう決めたの。お父様、私、旅に出ます！」

しかし一国の国王であり、レクシアを溺愛する父でもあるアーノルドが、そんな暴挙を許すわけはなかった。

「待て、婚約者とはどういうことだ⁉　我はまだ認めておらぬぞ！　しかも旅に出るなどと……そんなことは許可できぬ！　お前はアルセリア王国の第一王女であり、我の大切な娘だ。万が一、お前の身に何かあればどうする」

「大丈夫よ、ルナがいるんだから」

「まだ行くと決めたわけじゃないぞ」

ルナが呆れ顔で腕を組む。

しかしレクシアはけろりと胸を張った。

「私が決めたのよ。ルナの強さは、お父様も知ってるでしょ？」

「そ、それはそうだが……」

「なら決まりね！　それじゃあ早速準備を――」

「お待ちください、レクシア様」

レクシアの勢いに押され気味のアーノルドに助け船を出したのは、壮年の騎士――レクシアの護衛であるオーウェンだった。暴走するレクシアに頭と胃を痛めながらも、長年護衛を務めてきた。かつてレクシアの命を狙ったルナが護衛になる際には異を唱えていたが、今はルナの実力と人格を認め、共にレクシアを守り、振り回される同志として頼りにもしている。

とはいえ、目の前で繰り広げられている騒動は、レクシアのお目付役として看過できない事態であった。

「旅に出るのならば、せめて私をお連れください。確かにルナの腕は護衛として申し分ありませんが、あまりに危険すぎます」

「お、おお、そうだな。レクシアよ、どうしても旅に出たいのであれば、護衛としてオーウェンを連れて行くのだ。本当はそれでも心配なのだが……」

アーノルドはそう言いつつ、オーウェンに含みのある視線を送り、オーウェンがそれを受けて頷く。互いの視線には『ひとまずは近場に旅に出して、気が済んだら適当なところで切り上げさせよう』という暗黙の了解が込められていた。

しかしレクシアは頬を膨らませた。

「嫌よ。オーウェンがいたら、あれもダメこれもダメって、自由にさせてくれないじゃない」

「当然です」

毅然と言い放つオーウェンに、レクシアは首を横に振った。

「そんなの絶っっ対に嫌！　私はこの目で世界を見て、自分で道を選んで、自分の足で歩いて成長したいの。人として、女性として、王女としてもね」

「それらしいことを言っているが、単にユウヤに認められたいからだろう」

「そうよ、悪い⁉」

「逆ギレ⁉」

驚くルナをよそに、レクシアはアーノルドへ顔を向けた。

「ね、いいでしょ、お父様？」

「い、いや、しかし……」

「もう、お父様の分からず屋っ！　許してくれないと、嫌いになっちゃうんだから！」

「き、きらっ……!?　う、ぐぅぅっ……」

「陛下、お気を確かに！」

「こいつ本当に国王なのか……？」

灰のように真っ白になって崩れ落ちそうになるアーノルドを、オーウェンが慌てて支える。そんな二人を見ながら、ルナが小さく呟いた。

アーノルドはよろめきつつも、オーウェンの手を借りて体勢を立て直した。

「……レクシア、本当に分かっているのか？　お前はこの国の王女なのだぞ」

「王女だからこそよ」

威厳の込められたアーノルドの視線を、レクシアはまっすぐなまなざしで迎え撃った。

「これは、私自身の修行の旅でもあるの。オーウェンがいたら頼りすぎちゃって、私は成長できないわ。お父様はいつもおっしゃってるじゃない。民と同じ視線で考え、同じ悩みを分かち合えることこそが、良き王族の証(あかし)だって。そのために、自分の目で世界を見て、そこに生きる人たちのことを知り、学びなさいって。違う？」

「だ、だが、王女としての教育なら、十分に施してきたつもりだ。帝王学を学びたいのであれば、優秀な家庭教師を――」

「違うの。私自身が道を切り開かないと意味がないの。オーウェンがいたら、もちろん安心だけど……いつまでも守られていては、そこから見える景色しか知らない、傲慢で狭量な人間になっちゃう。私はちゃんと自分の力で成長して、本当の意味で、人に寄り添える自分になりたいの。そしてたくさんの人を助けたいの」

レクシアは胸に手を当て、高らかに宣言した。

「約束するわ、お父様。私は王族として、人として、恥ずかしくない力を身に付けて、必ず成長して帰ってくるって！　これはそのための旅なのよ！」

「レクシア……」

「……とか言って、要は好き勝手したいだけだろう」

「ルナは黙ってて！」

アーノルドは声を失って、深く考え込み――やがて低く呟いた。

「……分かった」

「陛下⁉」

アーノルドはゆっくりと顔を上げると、重々しい声で告げた。

「レクシア、そしてルナよ。お前たちが旅に出ることを認めよう」

「正気ですか、陛下⁉」

「というか、私も一緒に旅に出ることは決まっているのか⁉」

「お考え直しください、せめて私が共に行くべきでは……！」

焦ったように説得を口にするオーウェンに、アーノルドは重々しく首を振った。

「いや、確かにお前がいたら、レクシアの成長にならないというのは一理ある。身分という楔(くさび)から解き放たれ、自ら飛び込んでこそ見える世界もあるというもの」

アーノルドは厳かにレクシアに向き直った。

「レクシア、お前の心意気は伝わった。その足で、目で、存分に学んでくるがいい。ルナよ、我が娘を頼む」

「波乱の予感しかしないんだが……⁉」

「ありがとう、お父様！」

花のような笑顔を咲かせるレクシアに、アーノルドは苦渋の表情で告げる。

「ただし、必ず無事に帰ると約束してくれ。三日ごと、ないしは街に着くごとに手紙を送るように。悪い虫には重々気を付けよ、万が一ちょっかいをかけてくる不届き者には、多少手荒な制裁を加えても構わん――それと、重々承知とは思うが、決して軽々しく本名や身分を明かすことのないように。相手が良からぬ事を考えたり、無用なトラブルに巻き込まれる恐れもあるからな。あと――」

「分かったわ！　行くわよ、ルナ！」

「まだ我の話の途中だが⁉」

思わず叫ぶアーノルドに構わず、レクシアはルナを連れて駆け出した。

「お、おい待てレクシア、引っ張るな！　まだ一緒に行くとは言っていない――」

「私が決めたのよ！　いいからついてきなさい！」

「どこまで暴君なんだ⁉」

風のように去りゆくレクシアに、オーウェンが慌てて声を上げる。

「待っ、お待ちください、レクシア様っ……！　本当によろしいのですか、陛下！」

「……ああ」

アーノルドは、遠ざかるレクシアとルナの背中へと目を細めた。

「レクシアの言う通り、世界を知ることも王族としての大切な務めだ。他国やそこに生きる人々とふれあい、見て回ることは、間違いなくレクシアの糧となるだろう。可愛い子には旅をさせよという言葉もある、温かい目で見守ろうではないか」

「……陛下がそうおっしゃるのならば。ところで、そろそろご自身の足でお立ちくださ い」

「ふふ、幾つになっても愛娘の『嫌い』は堪えるな、オーウェン……足腰に来た……」

アーノルドとオーウェンの心労などどこ吹く風。

レクシアは出立の準備をするべく、ルナを連れて意気揚々と部屋へ駆け戻ったのだった。

＊＊＊

部屋に入るなり、レクシアはどこからか背負い袋を引っ張り出して、手当たり次第に荷物を詰め込んだ。

「これでよし！」

ベッドの上でぱんぱんに膨らんでいる背負い袋を見て、ルナが呆れた声を出す。

「そんな大きな荷物、背負えるのか？」

「大丈夫よ！　それより、ルナの荷物は？　それだけなの？」

「私は旅慣れているからな。この身ひとつあれば十分だ」

「ふうん。でもきっと長い旅になるわよ。もし足りないものがあったら、何でも言ってね！　よいしょ——きゃっ⁉」

レクシアは荷物を背負おうとして、重さに耐えられずベッドに転がった。

「はあ、やっぱり背負えないじゃないか……一体何をそんなに詰め込んだんだ、見せてみろ」

「あっ、勝手に開けないでよ！」

ルナはやれやれと首を振りながら、背負い袋の蓋を開ける。

最初に出てきたのはお菓子の山だった。

「……これはなんだ？」

「非常食よ！」

「よし、全部置いていけ」

「なんでー⁉」

「菓子ばかり、こんなにいらないだろう！」

「いるわよ！　もし荒野に迷い込んで食料がなかったらどうするのよ⁉　それに、おなかが空いて泣いている子がいたら、分けてあげられるわ！」

「その時は私が果物でも獣でも狩ってやる！」

ルナが呆れつつ中身を引っ張り出すと、浮き輪に虫取り網、ラッパ、カラフルな旗、シャベルに図鑑などなど、浮かれた道具が次々に出てきた。

「お前……こんなものいつ使うんだ、明らかに邪魔だろう。というか、どこで調達した……？」

「だって、海で溺れたら大変でしょ？　虫取り網があれば、森で魔法研究に役立つ貴重な虫を採集できるかもしれないし、雪山で遭難した時にはラッパで助けを呼べるわ。全部必要よ」

「いらん、置いていくぞ」

「あー！」

ルナは容赦なく荷物を選別し、最終的には小ぶりな背負い袋ふたつに収まった。

「あっ、そういえば、この格好のまま旅に出るわけにはいかないわね。着替えなくちゃ！」

レクシアはふわりとドレスの裾を翻して、ルナに背中を向けた。

「ルナ、脱がせてくれない？」

「侍女を呼べばいいだろう」

「ルナがいいの。……だめ？」

「時間が惜しいだけだろう。はあ、まったく……」

ルナは息を吐きながらもレクシアに歩み寄った。プレゼントの包みを解くように可憐なドレスを脱がせると、透き通る白い肌が露わになる。

「これでよろしいですか、お姫様？」

「ふふ。くるしゅうないわ！」

レクシアはクローゼットから服を引っ張り出して、いそいそと袖を通した。

「どうかしらっ？」

「まあ、似合っているが……そういえば、なんで王女がドレス以外の服なんか持っているんだ？」

「よくこっそり王都に繰り出してるから、そのための服よ！」

「なんで自慢げなんだ……」

ドレスから着替えたレクシアは、街に出てもおかしくない格好にはなったものの、使われている素材は上質で、溢れ出る気品が隠せていない。

しかしレクシアはそんなことは気にせず、満を持して荷物を背負った。

「うん、いい感じ！　気分が盛り上がってきたわ！」

ルナもやれやれと首を振りながら、もうひとつの荷物を背負う。

「さあ、行くわよ！」

部屋を出ると、二人に気付いた使用人たちが振り返った。

「えっ⁉　れ、レクシア様⁉　それにルナ様も……そのお荷物は……⁉」

「そのようなお召し物で、一体どちらへ⁉」

「私たち、旅に出るの！　お土産楽しみにしててね！」

驚く使用人や兵士たちに明るい笑顔を振りまいてさらに度肝を抜かせながら、レクシアはルナと共に城を飛び出した。

空は抜けるような快晴。石畳を駆ける足取りは、風のように軽く。

「んー、いい天気！　絶好の旅立ち日和ね！　改めてよろしくね、ルナ！」

「はあ、仕方ないな。とんだおてんば姫だ」

こうして、レクシアとルナの旅が幕を開けたのだった。

第一章 『爪聖(そうせい)』の弟子

王都の賑(にぎ)やかな雑踏を歩きながら、ルナはレクシアに尋ねた。

「だが、旅といってもどこに行くんだ？　行き先は決まっているのか？」

「決まってないわよ？」

けろりと答えるレクシアに、ルナは膝から崩れそうになった。

「いくらなんでも無計画すぎるだろう……！」

「仕方ないじゃない、急に決めたんだもの」

「まあ、それはそうだが……行き先がないことにはどうしようもないぞ。せめてあてはないのか？　他国に知り合いとか……」

「うーん、知り合い……」

レクシアは少し考えて、ぱっと顔を上げた。

「それならレガル国に行きましょう！　レガル国ならオルギス様やライラ様がいるわ！」

レガル国はアルセリア王国の隣国で、世界一の魔法大国である。そしてレクシアはアルセリア王国の王女として、その大使を任されていた。

元々、両国は友好関係にあったのだが、レクシアが、レガル国王オルギスの娘――ライラ王女と歳が近いこともあって、最近ではさらに親交を深めている。

「確かに隣国だし行きやすいが……急に押しかけて迷惑がられないか？」

懐疑的なルナに、レクシアは自信満々に胸を張った。

「ここのところお会いできていなかったもの、きっと歓迎してくれるわ。出立のご挨拶もしたいし。それに、オルギス様やライラ様が何か悩みを抱えていたら、私たちが助けられるかもしれないしね！　もしそうだったら、人助けをするっていう旅の目的がさっそく果たせるわ！」

「はあ。そううまく運ぶといいんだがな」

諦めたようなため息を吐くルナをよそに、レクシアは意気揚々と空を指さす。

「というわけで、行き先はレガル国に決定ね！　レガル国に着いたら、まずは王城に行くわよ！」

「やれやれ、先が思いやられるな……」

＊＊＊

「レクシア殿、ルナ殿。此度はどうされたのだ」

レガル国の王城へ着くと、二人はすぐに謁見の間へと通された。

重厚な服に身を包み、厳格な顔立ちをした男性――レガル国王オルギスが、突然の訪問に驚きつつも二人を迎える。

「ごきげんよう、オルギス様。突然だけど私たち、旅に出たの！」

「た、旅？　旅とは、まさかお二人だけでか？　一体どういう経緯で……」

「まあ、そういう反応になるだろうな」

オルギスが戸惑い、ルナが小さく呟く。

しかしオルギスのそんな反応を気にすることなく、レクシアは切り出した。

「それよりオルギス様、顔色が優れないように見えるわ。何かあったの？」

「！　……ああ、いや、このところ忙しくてな。少々疲れているだけだ、心配は無用――」

「オルギス様だけじゃないわ。城内にも活気がないし、みんな元気がなかったみたい。

――それに、ライラ様の姿が見えないわ。ねえオルギス様、ライラ様はどこなの？」

レガル国の第一王女であるライラは、輝くような美貌と聡明さで、城の使用人や兵士、国民からも高い人気を誇っている。父であるオルギス王を常に傍で支え、いつもならば共に迎えてくれるはずだった。

「それ、は……」

動揺するオルギスを見て、レクシアは真剣な顔で身を乗り出した。

「もしかして、ライラ様の身に何かあったの？」

「……ライラは……」

オルギスが一瞬言葉に詰まる。しかしいつまでも隠し通せることではないと腹をくくったのか、沈痛な面持ちでゆっくりと口を開いた。

「……実は、まだ他国の王にはもちろん、国内にも公表していないのだが……ライラは今、サハル王国にいる」

「サハル王国に⁉」

「一体なぜ……」

レクシアとルナは思わず驚きの声を上げた。

サハル王国は、南の方角に位置する、古くからある大国だ。交易が盛んで、熱気と活気、歓楽と陽気さに満ちた国柄から、太陽の国と呼ばれている。

しかしレガル国からはかなりの距離があり、両国の親交が深いという話も聞いたことがない。

オルギスは苦渋に満ちた声を絞り出した。

「南の大国であるサハル王国のブラハ国王から、第一王子との婚約を申し込まれてな……我は行かせたくなかったのだが、ライラは国同士の平和のためになるならと、サハル王国へ発ってしまった」

「婚約ですって⁉　そんな、今まで婚約の話なんて、全然なかったはずじゃない」

「随分急な話ですね」

レクシアは驚きのあまり目を丸くし、ルナも同調する。

オルギスは肩を落とし、深い息を吐いた。

「我も突然のことで驚いておる。一日でも早く来てほしいと急かされて、ライラはろくに準備もできないまま、ばたばたと出立してしまった。なんでも、第一王子の熱烈な希望とのことだが……」

「ライラ様は前に『わたくしを娶るのならば、強い殿方でなければ』って言っていたわ。サハル王国の第一王子って、ライラ様の目に適うような傑物なの？」

「そういう話は聞いたことがないが……」

「レガル国の人たちは、ライラ様の婚約のことはもう知っているの？」

「いや、この話はまだ城内にとどめておる、国民は何も知らん」

「このことを知ったら、国民も哀しむだろうな……」

ライラの気高さと気丈さ、そして魔法大国の名を代表するその才能は、レガル国民の誇りだった。レガル国民にとって、ライラを失うことは太陽を失うのにも等しいはずだ。

レクシアは真剣な表情で考え込んだ。

「……この婚約、変よ。あまりに急すぎるわ。それにブラハ国王だって、政略結婚を外交のカードに使うようなお人柄ではないはずよ」

「ああ、我も驚いた。サハル王国も一枚岩ではないのかもしれん。ライラとしても望まぬ婚約だろう、本当ならばすぐにでも呼び戻したいが……責任感の強い娘だからな。サハル王国は国力も強大で、歴史も古い。下手に断れば、事が荒立つ危険性もあった。国と民を思えばこそ、ライラは我の言葉も聞かずレガル国を発ったのだろう……」

そう目を伏せるオルギスの眉間には深いしわが寄り、心からライラを案じているのが伝わってきた。

レクシアは顎に指を添え、真剣な顔で考え込む。

「ライラ様はきっと、この婚約を望んでいないはず。それに、不自然な婚約に漂う、怪しい香り……ライラ様の身に危険が迫っているかもしれないわ……！　――今すぐにサハル王国に行くわよ、ルナ！」

「はあ。恐ろしいほど行き当たりばったりだな」

「ま、待たれよ、レクシア殿。サハル王国に向かうとは？」

困惑するオルギスに、レクシアはまっすぐなまなざしを向けた。

「私たち、困っている人を助けるために、世界を巡る旅に出たの」

「ほ、本当に旅に出られたのか、それもルナ殿一人を連れて人助けの旅とは……よくお父上が許されたな……」

「正確には許したというか、勢いで押し切られた形だったがな」

ルナがぼそりと呟くが、レクシアは毅然と胸を張った。

「安心して、オルギス様。私たちがサハル王国に行って、この婚約の謎を解き明かしてみせるわ。そしてもしライラ様の身に危険が迫っているようなら、私たちが助けるわ！」

「し、しかし……」

オルギスは思わず言い淀んだ。もしも他国の王女を巻き込み、何かあれば事の重大さは計り知れない。

しかしそんなオルギスを、レクシアは柔らかなまなざしで見つめた。

「私、知ってるもの。ライラ様は誰よりもレガル国とレガル国の人々を愛しているって。国民を哀しませてまで遠い異国に嫁ぐなんて、絶対に望んでいないはずよ。私だって、ライラ様やオルギス様が哀しんでいるなんて、放っておけないもの」

「……！　レクシア殿……」

オルギスが声を詰まらせる。

レクシアは微笑むと、翡翠色の瞳を燃やして、高らかに宣言した。

「任せて。必ずライラ様を無事に連れて帰るわ！　これが私たちの旅に課せられた、最初の使命なのよ！」

オルギスは目を見開いた。

国のために身を差し出したライラの決意の手前、そして王という立場上、引き留めることができなかったが、誰よりも娘の幸せを願う父として、レクシアの言葉は暗雲に差し込んだ一条の光であった。

オルギスはぐっと拳を握り、噛みしめるように頭を下げた。

「かたじけない。ライラを……我が娘を、よろしく頼む」

「ええ！」

「まったく、安請け合いするような内容ではないだろうに……まあ、レクシアはこうでなければな」

ルナはため息を吐きつつも、小さく笑った。

無鉄砲さに呆(あき)れることもあるが、困っている人をまっすぐに案じ、自分の信じた道を突き進めるのはレクシアの長所でもある。何しろ自分を暗殺しようとしたルナを護衛にするような大胆さの持ち主だ。

「そうと決まったら、もうこの国に用はないわ！　またね、オルギス様！」

「も、もう⁉　滞在時間短すぎんか⁉　いや、行動が早くてありがたいのだが……！」

「あっ、でも砂漠に行くなら、それなりの準備が必要ね！　荷造りをしなおさなきゃ！」

「あ、ああ、それなら貴賓室を使うがいい、すぐに案内させよう」

部屋を借りて準備を整えると、王城を飛び出す。

レクシアは眩(まばゆ)い金髪を風になびかせながら、翡翠色の瞳を燃え上がらせた。

「次の行き先はサハル王国に決まりね！　まずはライラ様に会って、真意を確かめるわよ！」

「やれやれ、長い旅になりそうだな」

こうしてレガル国を飛び出した二人は、太陽の国・サハル王国を目指すべく、南へと針路を取るのだった。

＊＊＊

灼熱の太陽が照りつけ、熱砂が足を掬う。

白い日差しを手で遮りながら、レクシアが息を吐いた。

「暑いっていうよりも、熱いって感じね」

サハル王国に向かう道中、レクシアとルナは【赤月の砂漠】に踏み込んでいた。

過酷な環境で生き抜いた魔物が跋扈する乾燥地帯で、【恵みの森】や【オールズの森】に並ぶ危険区域である。

本来は迂回するルートもあったのだが、レクシアの「サハル王国に向かうなら、【赤月の砂漠】を縦断するのが一番早いわ！」という鶴の一声によって、砂漠越えを敢行することになったのだ。

「うう、喉がからから……サハル王国に着く前に干涸らびそうだわ」

「泣き言を言うな、お前が砂漠を突っ切ると言ったんだぞ」

「ねえ、もうちょっとだけ水を飲んじゃダメ？」

「さっきも飲んだだろう」

「ね、一口だけ。いいでしょ？　お願い、ルナ」

「はぁ、まったく……一口だけだぞ、まだ先は長いんだからな」

「ありがとう！　お礼に飴をあげるわ！」

「いらん。というか、なんでそんなもの持ってるんだ」

「こんなこともあろうかと、レガル国の王城でくすねてきたのよ！」

「あの短い間に何をしてるんだお前は⁉　……おい、一口だぞ？　それは一口か？　レクシア？　おい？　水筒を放せ！」

「っぷは！　何よー、ちょっとくらいいいじゃない！　っていうか、ルナはなんで平気なの？」

「闇ギルドで鍛えたからな、過酷な環境には慣れてる。ほら、この丘を越えたら少し休憩しよう、それまで頑張れ」

へろへろになっているレクシアを叱咤しつつ砂の丘を登り、ルナはふと目を凝らした。

「あれは……」

陽炎の向こう、澄んだ泉と植物の緑がゆらゆらと揺れている。

「オアシスだわ！　水と日陰よ、ルナ！　早く行きましょう！」

「待て、誰かいる」

嬉しそうに走り出すレクシアを、ルナは慎重に引き留めた。

オアシスのほとりで、小さな子どもが三人、抱き合って震えている。

そしてその子どもたちを背に庇(かば)って、白い髪の小柄な少女が空を睨(にら)み付けていた。

四人とも獣のような耳を生やし、何かを警戒するように長いしっぽをぴんと立てている。

「獣人だわ。一体何をしているのかしら？」

レクシアの言う通り、彼らは獣人のようだった。

一番年上の、白猫の獣人らしき白髪の少女は、猫耳を伏せ、緊迫した様子で上空を見上げている。その視線を追って、息を呑(の)む。

「！　あれは……！」

上空に、巨大な鳥の群れが旋回していた。黒い翼は片翼だけで少女たちを覆うほどに大きく、太い脚に備わる爪は牛さえも容易(たやす)く引き裂けそうなほどに鋭い。

「【クルーエル・コンドル】……！」

ルナは思わず声を引き攣(つ)らせた。

【大魔境(だいまきょう)】のヘルスライムや、【天山(てんざん)】のチャージ・ボアと並ぶC級の魔物だ。その強大な魔物が、群れをなして少女たちを狙っている。

「なんて数だ……！　そうか、オアシスに生き物が来るのを知っていて、狩り場にしているのか……！」

「ギエエエエエエエエエッ！」

　空を裂くような絶叫と共に、魔物が少女たち目がけて急降下した。

「大変！　助けるわよ、ルナ！」

「ああ！」

　しかし、二人が走り出すよりも早く、白猫の獣人が動いた。

「ふッ……！」

　少女は地を蹴ると、一瞬で驚くほどの高さまで跳躍した。

　先頭のコンドルに肉薄するなり、爪を振りかざす。


「――【奏爪】っ！」


　少女が叫び、無数の斬撃が、黒い翼を切り裂いた。

「ギェ、ァ、ア……」

　コンドルが光の粒子となって消えるのを見て、ルナは思わず呻く。

「なっ！　なんだ、あの強さは……!?」

「なぁんだ、あの魔物、弱いのね」

「そんなわけがあるか、C級の魔物だぞ!?　あの少女が桁違いに強いんだ！」

通常C級の魔物は、手練れの兵士が数人がかりで対処する。少女はそんな恐るべき魔物を、まるで紙でも裂くかのように屠ってみせたのだ。

「獣人は生まれつき膂力に秀でている場合も多いが……それにしてもあの強さは規格外だぞ……!?」

その間にも、少女は爪を繰り出して次々にコンドルを切り裂く。

しかし少女がいくら戦闘能力に秀でていようとも、小さな子どもを守りながら大群と戦うのは分が悪かった。

「っ、く……！」

少女が数体を相手に戦っている間に、別のコンドルが地面すれすれに滑空しながら子どもたちへ迫る。

「行くぞ、レクシア！」

ルナは砂の丘を駆け下りると、滑空するコンドルめがけて糸を放った。

「『螺旋』！」

――この糸こそが、闇ギルドで【首狩り】と恐れられたルナの武器だった。

放たれた糸が束になってドリルのように回旋しながら、コンドルの胴体を貫く。さらに貫通した糸が一気に解(ほど)けて、ばらばらに引き裂いた。

「ギェギャアアアッ！」

断末魔の叫びを上げながら消えていくコンドルと、突如として助けに入ったルナを見て、子どもたちが目を丸くする。

「えっ⁉　ま、まものが……⁉」

「あのおねえちゃんがやっつけてくれたの⁉　すごいすごい！」

「で、でも、どうやって⁉　まほう⁉」

幼い子どもたちは、ルナの糸を目に捉える事ができなかったのか、口々に驚く。

ルナはさらに別の一体へ糸を放つと、その全身をからめとった。

「喰(く)らえ！　『桎梏(しっこく)』！」

「ギャギャアアアアアア！」

コンドルが怒り狂って暴れるほどに、絡みついた糸が食い込んでいき、ついには首をねじ切った。

「あ、あの糸が武器……⁉　すごい……！」

白猫の少女もルナの加勢に気付き、目を見開く。

驚いている白猫の少女に、ルナは叫んだ。

「早く逃げろ！　敵の数が多い、まだ襲ってくるぞ！」

「っ！　は、はいっ！　みんな、こっちに……！」

「ギギャアアアアアアア！」

少女は頷くと、子どもたちを連れて走り出す。

その背中目がけて降下するコンドルへ、ルナは新たな糸を放った。

「させるか！『避役』！」

「ギエギャッ⁉」

糸が生き物の舌のようにコンドルの足をからめとり、地面へ叩き付ける。砂が派手に舞い上がり、群れの注目がルナに集まった。

「はぁっ、はぁっ……！　すごいわルナ、また強くなったの⁉」

息を切らせて追いついたレクシアに、ルナは叫んだ。

「彼らが安全なところへ逃げるまで、注意を引き付ける！　レクシアは隠れていろ！」

「いやよ！　私も戦うわ！」

「そんな護身用の短剣で何が──ああ、もう！　ならば私の傍から離れるなよ！『乱舞』！」

ルナが鋭く腕を振るうと、糸が縦横無尽に躍り、襲い来る魔物を切り刻んだ。

レクシアも、瀕死の傷を負って地面に落ちた魔物に、果敢に短剣で斬り掛かる。

「ギギャアアアアアッ！」

か弱い獲物だと思っていた相手に反撃されて、魔物たちが怒りの鳴き声を上げながら殺到する。

──その時、必死に逃げていた男の子が、砂に足を取られて転んだ。

「あっ！」

「！」

白猫の少女が駆け戻ろうとするが、それを阻むように一際大きなコンドルが翼を広げる。

「ギギェエエエエッ！」

「っ……！」

少女が足止めを喰らっている僅かな隙に、他のコンドルたちが男の子へ殺到する。

ルナはそちらへと手をかざしながら歯を食い縛った。

「くっ……！」

僅かに糸の間合いの外だ。

男の子が恐怖に泣きながら叫ぶ。

「たすけて、ティ、ティトおねえちゃん！」

「……ッ！」

　刹那。

　少女の様子が豹変した。

「グゥウ……グルルルル……ッ！」

　獣めいた唸(うな)りと共に少女の白い髪が逆立ち、爪が光を纏(まと)って鋭くなる。金色の瞳が激しい闘志に彩(いろど)られ、小さな身体(からだ)から凄(すさ)まじい殺気が立ち上った。

　レクシアが息を呑む。

「な、なに？　あの子の様子が……」

「ヴヴヴ……ガァァアアァアアッ！」

　少女は牙を剝(む)き出して咆哮(ほうこう)を上げるや、正面のコンドルに向かって地を蹴った。

　次の瞬間、爪による嵐のような斬撃が魔物を襲う。

　ズバアアアアアアアアッ！

「ギギャァアアァアッ！」

「っ、な……!?」

その凄まじさに、ルナは声を失った。最初に見た一撃も恐るべき威力だったが、それさえ比べものにならない、あまりにも凄烈な斬撃だった。

「ガァゥッ！　ガアアアアアッ！」

少女は消えていく魔物を一瞥さえせず砂を巻き上げて着地すると、今まさに男の子を爪に掛けようとしていたコンドルたちに向かって右腕を振り抜いた。

ザシュッ、ザンッ！　バシュウッ！

爪から五本の閃光が放たれ、コンドルたちをいとも容易く切り裂く。

「む、群れを一撃で⁉　あの子、さっきよりさらに強くなってない⁉」

「さっきもすごかったが、あの時とは桁違いだ……！　一体何者なんだ、彼女は……⁉」

「ギエェエエェッ！」

ルナを襲おうとしていたコンドルが、仲間を殺されたことで怒り狂いながら少女に襲い掛かった。

「ガアァアアァアアッ！」

少女は一瞬にしてコンドルよりも高く跳躍すると、落下しながら空中で身を捻った。鋭い爪に光を纏わせながら車輪のように回転し、押し寄せる群れをまとめて薙ぎ払う。

「ギェギャ、ギャ……」

魔物の残滓が熱を孕んだ風に溶け消え、オアシスに静寂が訪れた。

レクシアが興奮しながらルナの袖を引っ張る。

「すごいわ、あの子とんでもなく強いじゃない！　助けてくれたし、良かったわね！」

「待て、様子がおかしい」

「ヴヴ……グルルルル……！」

異様な空気を感じて、ルナははしゃぐレクシアを制した。

少女が振り返り、爛々と光る金色の瞳が、二人を捉える。

「っ、レクシア、逃げろ！」

「きゃっ⁉」

ルナがレクシアを突き飛ばした直後、少女の姿が掻き消えた。

ほんの瞬きの間に、少女がルナの眼前に迫っていた。

「ッ、速い……！」

「ガアアアアアッ！」

「『蜘蛛』！」

ルナは手をかざし、少女に向けて網状に編んだ糸を放った。

しかし、確かに少女に巻き付いたはずの糸は空を切る。

いや、自分の影すら置き去りにして跳んだのだ。本体は——

「上か！」

跳び退るよりも早く、凄まじい衝撃と共に少女に押し倒されていた。

「くっ……⁉」

「グルルル……！」

ルナを押さえつける少女の手は強く、ルナがもがいてもびくともしない。信じがたい膂力だった。

「（なんだ、この力の強さは……っ⁉）」

「ガ、アァ、アァッ……！」

少女は明らかに理性を失っている。

しかしその瞳の奥に、闘志とは違う感情が瞬いているのを、ルナは僅かに感じ取った。

「（っ、これは、恐怖……？　いや、怯えか……？）」

「ガアアアアアアッ！」

少女の双眸が狂気に燃え上がる。

振りかざされた爪が、灼熱の陽光を弾いてぎらりと光った。

「ルナ！」

レクシアの悲鳴が響く。

ルナは歯を食い縛って身を捩（よじ）った。

「くっ、戦うしかないのか……！　『螺旋』――！」

ルナが少女の爪めがけて糸を放とうとした、その時。


「やめなさい！　私のルナに何するのよ――――っ！」


レクシアの凛とした絶叫が、砂漠の空に響き渡る。

――その瞬間、少女の目に理性の光が宿った。

「あ……――わ、わた、し……？」

少女が目を見開いて瞬（まばた）きをする。その表情からは、先程までの狂気は抜け落ちていた。

ルナは身を起こしながら、胸中で呻（うめ）いた。

「（っ、なんだ、今のは……？）」

ルナの目には、レクシアが叫んだ瞬間、その身体から透明な波動が放たれたように見えたのだ。

しかもそれだけではない。波紋のように広がるそのオーラに触れた瞬間、穏やかな温かさに包まれたような感覚に陥ったのだ。

憑(つ)き物が落ちたように呆(ほう)けている少女を見る。

「(さっきまで、まるで狂戦士(バーサーカー)のようになっていたが、理性が戻っている……レクシアが放った波動と、何か関係があるのか？　だが、あの波動は一体……あいつ、あんなことができたのか……？)」

ルナが思考を巡らせていると、レクシアが少女へと歩み寄った。腰に手を当てて頬を膨らませる。

「ちょっと！　人に襲い掛かっちゃだめよ、危ないじゃないの！」

「⁉　あ、は、はいっ……！　ごごごごめんなさい、ごめんなさいっ……！」

少女は我に返ると、光の速度で何度も頭を下げた。

「本当にっ、本当に申し訳ございませんっ……！　あ、あの、お怪我(けが)はないですかっ？　どこか痛いところは……！」

「ああ、大丈夫だ。多少は鍛えているからな」

ルナが身を起こすと、少女は心から心配そうな様子で、ルナに怪我がないか必死に確認した。白い猫耳は伏せられ、ふさふさのしっぽもうなだれている。今にも泣き出しそうな顔で何度も謝る姿は、先程の鬼神めいた戦いぶりが嘘のようだ。

レクシアが首を傾げる。

「さっきとは別人みたいね。どうしてルナを襲ったの？」

「あ、えっと……」

「ティトおねえちゃん」

少女が眉を下げて視線を落とした時、獣人の子どもたち三人が駆け寄ってきた。

ティトと呼ばれた少女は、慌てて子どもたちの無事を確認する。

「みんな、大丈夫？　怪我してない？」

「うん！」

その様子を見て、レクシアは微笑んだ。

「あなた、ティトっていうのね」

「は、はいっ。さっきはご迷惑をお掛けして、本当に申し訳ございません……それに、この子たちを守ってくれて、ありがとうございました……！」

「ありがとう、おねえちゃんたち！」

「すっごくつよいんだね！　かっこよかったー！」

「ふふふ、そうでしょ？」

「お前は剣を振り回していただけだがな」

「何よー！　ちょっとは役に立ったでしょ⁉」

賑やかに言い合うレクシアとルナを見て、白猫の獣人――ティトは少しほっとしたように目元を緩ませた。

「私たち、この先にある街で暮らしていて……オアシスに水と食料を獲りに来たところなんです」

「こんな危ない所に、あなたたちだけで暮らしているの？　他に大人の人は？」

「それは――」

「すまない、私の弟子が迷惑を掛けたね」

ティトが答えかけた時、その隣に、黒い影が音もなく降り立った。

「……！」

ルナは驚愕しつつ身構える。

「(気配を一切感じなかった……⁉)」

頰に冷たい汗が流れる。闇ギルドでも屈指の実力を誇るルナが、ここまで気配に気付かないなど、通常ならばあり得なかった。

警戒するルナだが、突如として現われたその人物——黒髪の女性を見上げて、ティトが声を上げた。

「し、師匠！」

「(！　ティトの師匠……？　見たところ、黒豹の獣人か？)」

その女性を、ルナは注意深く観察した。

艶のある紺碧の長髪に、濃紫の瞳。頭には豹のような耳が生え、機動力を重視したショートパンツからは黒くて長い尾が伸びている。軽装に包んだ身体は美しく引き締まり、右肩から先は黒い鋼の義手だった。

女性はレクシアとルナへ、真摯な表情で頭を下げた。

「来るのが遅れて申し訳ない、ティトが暴走している気配を感じて、すぐに飛び出したんだが……とにかく、怪我がなくて良かった」

どうやら、先程のティトは暴走状態にあったらしい。

女性は二人の無事を確かめて安堵したような息を吐くと、レクシアへ視線を向けて目を細めた。

「どうやらティトの暴走を止めたのは、お嬢さんのようだね」

「えっ、私？」

驚いて瞬きするレクシアの横で、ルナが慎重に尋ねる。

「あなたは一体……？」

「話せば長くなりそうだ。ここは危ないから、移動してから説明しよう。良かったらうちに──」

女性が言いかけた時。

ドゴォォオオオッ！　という地響きと共に、砂の中から巨大な口が現れた。

「な──」

「ゴガアアアアアアアアアッ！」

【ビッグ・イーター】。竜の鱗(うろこ)さえも噛(か)み砕く凶悪な牙を持ち、【赤月の砂漠】に生息する魔物の中でも屈指の攻撃力を誇る、A級の魔物だ。加えて狡猾(こうかつ)で、砂の中に潜んで獲物を待ち伏せする。

魔物の跋扈(ばっこ)する過酷な環境にあって、食物連鎖の頂点に位置する、砂漠で最も恐ろしい脅威だった。

「ゴガアアアアアアアアアア！」

牙の並んだ巨大な口が、レクシアたちを呑(の)み込もうと迫る。

「危ない、逃げろ――！」

ルナが叫ぶよりも早く、黒豹の獣人が動いた。

「【烈斬爪】」

振り返りざま、鋼の義手を横薙ぎに一閃する。

すると、無数に生まれた真空の刃が、砂を巻き上げながら魔物へと殺到した。刃が巨大な口内に吸い込まれたかと思うと、魔物の内部で幾重にも爆ぜる。凄まじい衝撃に、巨体が周囲の砂ごと消し飛んで、巨大なクレーターと化した。

「な……Ａ級の魔物を、一瞬で……」

強大な魔物が断末魔の叫びさえ上げられず消滅するのを、ルナは信じられない思いで見つめた。

何事もなかったように義手の砂を払う女性に、レクシアが尋ねる。

「あなたは一体……」

「自己紹介が遅れてすまない」

黒豹の獣人はレクシアたちに向き直って、微笑んだ。

「私はグロリア。『爪聖』であり、その子――ティトの師匠さ」

「「『爪聖』⁉」」

レクシアとルナは素っ頓狂な声を上げた。

『聖』とは、この世界の負の側面の結晶たる『邪』に対抗するために星が生み出した存在だ。その分野を極めた者が、『邪』のカウンターとなるべく、星より称号を与えられる。この世界で比類なき強さを誇る、ほとんどおとぎ話のような存在だ。

「すごい……あれが『聖』の力なのね……！」

Ａ級の魔物を一撃で屠った技を思い出して、レクシアが呟く。

その隣で、ルナが驚愕の目でティトを見つめた。

「じゃ、じゃあティトは、『爪聖』の弟子なのか⁉　どうりで尋常じゃない強さだ……」

『聖』は力を持つ者として、後継を育てる義務がある。目の前で小さくなっている、まだ幼げな白猫の少女が、いずれ最強の一角を担うことになるのだ。

爪術の頂点を極めた『爪聖』――グロリアは、ティトの頭に鋼の義手を置いた。

「改めて、ティトが迷惑を掛けて、すまなかったね」

「本当にごめんなさい……！」

「いいのよ。びっくりしたけど、お互い無事だったんだし。それに、『爪聖』様とそのお

弟子さんに会えるなんて、ラッキーだわ」

「そう言ってもらえるとありがたい」

目を輝かせるレクシアに、グロリアが笑う。

「しかし驚いたよ、まさか暴走状態のティトを鎮めるなんて。ティトは一度暴走したらなかなか止まらなくてね、私でも手こずるんだけど……」

ルナは信じがたい想いを半眼に乗せて、レクシアを振り返った。

「……『爪聖』でも手こずる彼女の暴走を止めるとは、おまえ一体どうやったんだ？」

「？　よく分からないけど、きっと心が通じたのね！」

胸を張るレクシアと呆れ顔のルナを見て、グロリアが喉を鳴らして笑う。

「良かったら、続きは私たちの隠れ家でどうだい？　お詫びと言ってはなんだけど、お茶くらい飲んでいってくれ」

「嬉しい、喉がからからだったの！　お言葉に甘えましょう、ルナ！」

「ああ、そうだな」

＊＊＊

グロリアについて砂の海を歩いていると、陽炎の向こうに小さな建物群が現われた。

「砂漠の真ん中に、街……？」

蜃気楼ではないかと半ば疑いながら、足を踏み入れる。

街にひと気はなく、煉瓦造りの家々は、半ば崩れて砂に埋もれかけていた。

「随分古い街ね。人の姿がないようだけど……」

「ここははるか昔に砂漠に呑み込まれて、捨てられた街さ。普通の人間なら、魔物や砂嵐に阻まれて、まず辿り着けない」

「どうしてそんな所に住んでるの？　危ないし、不便じゃない？」

「それには、人目につきたくない理由があってね」

街の奥にある一番大きな家に入ると、たくさんの子どもたちが出迎えた。

「あっ、グロリア、ティトおねえちゃん！　おかえりー！」

賑やかな合唱が響く。子どもは男女合わせて二十人ほどで、五歳から十二、三歳くらいまで、様々な年齢の子が入り交じっていた。皆獣人だ。

グロリアは、抱き付いてくる子どもたちの頭を順番に撫でた。

「ただいま。お客さまを連れてきたよ。お湯を沸かしてくれるかい？」

「はーい！」

「お客さまだって！　久しぶりだね！」

はしゃぎながら奥へ走っていく子どもたちを優しい目で見送って、グロリアが向き直る。

「――とまあ、こういうわけさ。私はここで、行き場のない獣人の子どもたちを引き取って育てているんだ。地域や国によって、獣人は迫害されたり、奴隷として扱われている。もちろんそうじゃない国もあるが、それでも中には、親を失った獣人の子を攫って奴隷にしたり、高値で売買する輩もいるからね。特に幼い子どもは被害に遭いやすい。そういう輩の目を避けるために、砂嵐と魔物に守られた【赤月の砂漠】は、隠れ家にうってつけというわけさ」

「そうだったのね」

小さな子どもたちが、レクシアとルナを不思議そうに見上げる。

「おねえちゃんたち、だぁれ？」

「私たちは旅の者で――」

「私はレクシア。レクシア・フォン・アルセリアよ」

「おい！」

堂々と名乗るレクシアを、ルナは咄嗟に咎めた。

しかし、時すでに遅く、グロリアが驚いたように目を見開く。

「アルセリア？　アルセリアって、まさか……」

「そう。私、アルセリア王国の王女なの！」

「いきなり素性を明かすヤツがあるか！　アーノルド様にも言われていたし、私も念押ししていただろう！　無防備すぎるぞ！」

胸を張るレクシアに、ルナは思わず頭を抱えた。

けれどレクシアは涼しげに肩をすくめた。

「グロリア様は『爪聖』様だもの、信頼できるでしょ？　それにきっと、グロリア様は私たちを信用して秘密の隠れ家に呼んでくれたんだから、こちらも素性を明かさなければフェアじゃないわ」

「それはそうだが……」

レクシアの正体を知って、グロリアが呆気に取られる。

「驚いた、アルセリア王国のお姫様かい。ただの旅人にしては綺麗で身なりもいいし、随分肝が据わっているから、ただ者じゃないとは思っていたけど……」

ティトも目を丸くしている。

周囲の子どもたちが歓声を上げた。

「おねえちゃんたち、とおい国のおひめさまなのっ？」

「そうよ」

「あ、いや、私は護衛で……」

「すごい、すごーい！　髪、きらきらしてる！　お日さまとお月さまみたい、とってもきれい！」

輝く瞳で見上げられ、ルナは思わず口が綻びそうになったが、咳払いをして顔を引き締めた。

「私はルナだ。レクシアの護衛をしている」

「とっても強いのよ。何しろ闇ギルドの凄腕だったんだから！」

「レクシア！」

「いいじゃない、事実なんだもの」

レクシアの言葉に、ルナに助けられた子どもが身を乗り出す。

「あのね、このおねえちゃん、ぼくたちを魔物からたすけてくれたの！　とってもつよいんだよ！」

「すっごくかっこよかったー！」

するとレクシアはさらに胸を張った。

「しかも、【首狩り】っていう異名で名を馳せていたのよ！」

「く、【首狩り】だって⁉　【首狩り】って、あの……⁉」

グロリアの声がひっくり返る。

【首狩り】の名は、あらゆる国に轟いていた。正体不明の暗殺者で、闇ギルドで一、二を争う実力の持ち主。どんなに困難な任務でも確実にこなすことから、依頼を希望する者は多いが滅多に遭遇できないという、半ば裏社会の伝説的存在だった。

「噂には聞いたことがあるが……まさか、こんなに可憐なお嬢さんだったとは。どうりで身のこなしが洗練されているはずだ」

感嘆の目を向けられて、ルナが少し頰を染めつつ目を逸らす。

グロリアはそんなルナとレクシアを交互に見比べた。

「でも、どうして二人だけで砂漠に……何かのっぴきならない事情が？」

「私たち、困っている人を助ける旅に出たの。今はとある事情で、サハル王国に向かっている途中よ」

「い、一国の王女が、人助けの旅に……？　しかもたった一人の護衛を連れて、こんな危険な砂漠に……？」

「レクシア、グロリア様が固まってしまったぞ。責任を取れ」

「なんでよ⁉　事実を言っただけじゃない！」

「その事実が荒唐無稽すぎるんだ」

グロリアはしばらく言葉を失っていたが、何やら真剣な顔で考え込んだ。

「そうか……もしかして、この子たちなら……」

その時、子どもたちがお茶を運んできてくれた。

喉が渇いていたレクシアとルナは、ありがたく口を付ける。

「はぁ、おいしい！　生き返ったわ」

「誰かさんが砂漠を縦断しようなんて言い出したおかげで、危うく干涸らびるところだったな」

「何よ、無事だったんだからいいじゃない。それに、グロリア様やティトたちに会えたんだし」

人心地ついた二人に、ティトが器を差し出した。

「あの、良かったらどうぞ、木の実を乾燥させたお菓子です」

「まあ、ありがとう！　ほんのり甘くておいしいわ」

「しかし、こんなに貰っていいのか？　貴重なのではないか？」

「い、いえ、せめてものお礼です。私、力を出そうとすると、制御ができなくなって、自分では止められなくなってしまって……。あの時私を止めてくださって、本当にありがとうございました……！」

「気にしなくていいのに。ところで、ティトの爪ってどうなってるの？　魔物と戦ってる時、光ってるように見えたけど」

「あ、えと……元々、人間と違って少し尖っているのですが、戦う時には、力を纏わせて強化しているんです……」

ティトはそう説明しながら、尖った爪をそっと隠そうとし——レクシアはその手をひょいと取った。

「あ……！」

「へえ、本当ね、光ってないわ。あっ、でも色はちょっと変わってるのね。銀色みたいな、綺麗な色だわ！」

顔を寄せてしげしげと観察するレクシアを見て、ティトが驚いたように目を丸くする。

「あ、あの……怖くないんですか……？」

「え？　どうして？　可愛い手じゃない。爪もすっごく綺麗だし」

「…………」

心底不思議そうなレクシアを、ティトは声を失って見つめている。

そんなティトの手を解放して、レクシアはご機嫌で再び木の実を摘まんだ。

「それにしてもこの木の実？　本当においしいわね。そうだ！　お礼に飴をあげるわ」

「い、いいえ、そんな高級なもの、いただけないです……！」

「いいから、はい、口開けて。あーん」

「でもあの、私、牙があって危ないので……」

「大丈夫よ。ほら遠慮しないで、あーん」

「あ、えと……あ、ありがとうございま、むぐ」

「おいしいでしょ？」

「ふぁ、ふぁい……！」

「ふふ。たくさんあるから、みんなにもあげるわね！」

「わーい、ありがとう、おねえちゃん！」

「あまくておいしー！」

「……お前、どれだけ飴をちょろまかしてきたんだ」

「細かいことはいいじゃない。はい、ルナもあーん」

「いや、私はいい、自分で食べられ、食べ、んむ、食べら、自分で食べられると言っているだろう！」

グロリアは、賑(にぎ)やかなやりとりを見ながらじっと考え込んでいたが、何かを決意したように顔を上げると、思いがけないことを口にした。

「レクシア、ルナ、お願いがある」

「？　何かしら？」

「――ティトを、君たちの旅に一緒に連れて行ってくれないか？」

「!?」

「師匠!?」

思いがけない発言に、レクシアとルナばかりでなくティトも驚く。

グロリアは真剣な顔でレクシアたちに頭を下げた。

「突然の申し出で、本当にすまない。見た通り、ティトはまだ未熟で、力の制御ができずに暴走してしまうことがあってね。……『聖』の弟子としての力はあるかもしれないが、このままでは一人前になれない。将来『聖』の称号を継ぐ者として、ティトは自分の力を使いこなせるよう、成長しなければならないんだ」

「………………」

俯く（うつむ）ティトにちらりと視線を遣っ（や）て、グロリアはレクシアの瞳を覗き込ん（のぞ）だ。

「今までは――いや、私では、暴走したティトを力で止めることしかできなかった。けれどさっきティトを止めたのは、レクシア、君だ。どうやったのかは分からないけれど、君がティトを正気に戻したんだ」

「私が？」

「ああ。ひょっとしたら、レクシアには何か特別な力があって、そのおかげでティトの暴走を止めることができたのかもしれない」

「！　そういえばあの時、レクシアの身体から透明な波動のようなものが放たれたように見えたが……」

ルナが小さく呟き、レクシアがぱっと顔を輝かせた。

「そうだったのね！　あの時、よく分からないけど身体が熱くなって、ぶわーっ、ぴかぴか、どかーん！　ってなったの！　私にそんな力があるなんて、知らなかったわ。なんだかティトのためにあるような力ね！」

「！」

無邪気な笑顔を向けられて、ティトが嬉しそうにぴんと耳を立てる。

グロリアは柔らかく微笑むと、次にルナに目を向けた。

「それと、ルナ。君の戦闘術を、ぜひティトに教えてやってくれないか」

「戦闘術を？　ですが、あの時、私でもティトを止めることができませんでしたし、ティトは十分強いのでは……？」

ルナは驚いて首を傾げた。先程のコンドルとの戦闘を見ても、ティトが『爪聖』の弟子として十分な強さを備えているのは明らかだった。

しかしグロリアは首を横に振った。

「砂漠では、どうしても戦い方の幅は限られている。特にティトは、狭所での戦闘は苦手としていてね。いずれ『聖』になれば、様々な場所、様々な状況で戦うことになる。その時に備えて、君が身に付けた生き残り方や判断力、武器の使い方、身のこなしを教えてやってほしいんだ」

グロリアはレクシアとルナを交互に見た。

「それに、長いこと人里を離れて暮らしているから、ティトは人間社会に疎いところがあってね。人間社会のことを学ばせてやってくれないか？」

真剣な表情からは、グロリアが心からティトを想っていることが伝わってきた。

「何より君たちは、暴走するティトを恐れなかった。無理をお願いしていることは重々承知だけど、もしも叶うのならば、どうか君たちの旅に同行させて、ティトに社会のことや力の使い方を教えてやってほしい」

「師匠……」

グロリアは視線を彷徨わせ、心底申し訳なさそうに眉根を寄せた。

「本来は私が徹底的に鍛えるべきなんだが、その……」

「グロリアは甘いもんなー」

「ティトおねえちゃんがちょっとでも困ってたら、すぐ助けちゃうもんね」

「う」

子どもたちにからかわれて、グロリアは気まずそうに頬を掻く。

「……厳しく突き放すことも必要だとは分かっているんだが、いざとなるとどうしても手助けしてしまってね。不甲斐ない師匠で、申し訳ない」

「そんな！　師匠はこんな私のことをいつも心配して、助けてくださって……自慢の師匠です……！」

ティトが泣きそうな顔で首を振る。

仲睦まじい師弟の姿に、ルナは目を細めた。

「師匠、か」

ルナ自身も物心ついた時には親はなく、暗殺業を生業とする師に育てられ、生きる術を教わった。師はルナが裏の世界で生きていけるように知識と技術を教え、最期までルナを想ってくれていた。

　グロリアは、自分の庇護下に置いておくよりも、旅に出ることがティトの成長に繋がると判断したのだろう。

「それにティトは獣人だから、耳と鼻が利く。魔物や『邪』の気配にも敏感だ。きっと役に立つはずさ。もちろん、ただでとは言わない。できる範囲での謝礼はさせてもら――」

「いいわよ」

「え？」

　あまりにあっさりと承諾されて、グロリアが間の抜けた声を漏らす。

　レクシアは獣人の子どもたちを見渡して笑った。

「謝礼なんていらないわ。その分を、この子たちのために使ってあげて。それに、仲間は多い方が心強いもの！　『爪聖』様の弟子ならなおさらだわ。私がティトの暴走を止める力を持っているなら、私たちきっと、仲間になる運命だったのよ。私も、この力がなんなのか気になるしね！」

　肩をそびやかすレクシアの隣で、ルナがティトに優しい瞳を向ける。

「私もレクシアの意見に賛成だ。だが、ティトはいいのか？」

　ティトは小さな両手をぎゅっと握りしめていたが、やがて顔を上げた。

「師匠は優しくて、私、いつも甘えてばかりで……でも、師匠の弟子として恥ずかしくないように、成長したいです！　それに、まだ未熟で力を制御できない私を、レクシアさんとルナさんは温かく迎え入れようとしてくれて、それがすごく嬉しくて……。ご迷惑をお掛けするかもしれませんが、私、お二人のお力になりたいです。そのためにがんばります！　お願いします、どうか一緒に連れて行ってください！」

強い決意を浮かべた金色の瞳に、レクシアが力強く頷く。

「ええ、任せて！　きっと楽しい旅になるわ！　ね、ルナ？」

「ふっ。まあ、退屈しないのは間違いないな。それに、私一人では、レクシアの手綱を握るのに難儀していたところだ。『爪聖』の弟子が仲間に加わってくれるというのなら、願ってもない」

「何よ、人を暴れ馬みたいに！」

「大差ないだろう」

軽妙なやりとりに、グロリアが喉を鳴らして笑う。

「ありがとう。――そうだ、良かったら、これを持って行ってくれ」

レクシアに手渡されたのは、透き通る石がついた腕輪だった。

「これは？」

「お守りだよ。この石は【太陽の雫】といって、【赤月の砂漠】の奥地でごく稀に採取できる、希少な鉱石でね、持ち主を守ると言われている。いざという時、きっと君たちの助けになるだろう」

「すごく綺麗……ありがとうございます！」

レクシアはグロリアに礼を言うと、細い手首にその腕輪を嵌めた。

グロリアが改めて頭を下げる。

「どうか我が弟子を、よろしく頼む」

嚙みしめるように言うグロリアに、レクシアは「ええ！」と頷いた。

「そうと決まったら、びしびしいくわよ！　よろしくね、ティト！」

「はいっ！　よろしくお願いします、レクシアさん、ルナさんっ！」

ティトがまだ幼い表情を引き締め、大きな両眼を輝かせる。

こうしてレクシアとルナの旅に、新しい仲間が加わったのだった。

第二章　サハル王国

「わぁ、大きい街！　ここがサハル王国……！」

壮麗な景色を前に、ティトが目を輝かせる。

レクシアとルナ、ティトの三人は、砂漠を越えて、太陽の国——サハル王国の王都に到着していた。

王都は巨大なオアシスの上に建造されていた。中央に聳える白亜の宮殿を、煉瓦造りの街並が囲んでいる。巨大な城門をくぐると、目抜き通りは多くの人で賑わっていた。

「サハル王国はオアシスの上に建っているのね！　煉瓦の街並が映えて素敵！」

「王宮の屋根、金ぴかで面白い形をしているな。玉ねぎに似ているが、何か意味があるのだろうか？」

「あわわわ、ひ、人がたくさん！　鮮やかで賑やかで、目が回りそうです……！」

ティトには道中で、事の経緯について説明してある。

「レガル国のライラ王女が、サハル王国の第一王子と婚約したんだけれど、その婚約すっごく怪しいの！　何か裏があると見たわ。というわけで、水面下で渦巻く陰謀を暴いて、ライラ様を助け出すのよ！」

というかなりざっくりかつ偏った説明だったが、ルナの補足もあって、ティトはすんなり事情を理解したようだった。

「ライラ様はきっと王宮ね。早速行きましょう！」

王宮を目指し、たくさんの人に交じって大通りを歩く。

レクシアはふと、ティトが両手で猫耳を押さえていることに気付いて首を傾げた。

「どうしたの、ティト？」

「あ、あの、私が獣人だってばれると、お二人にご迷惑をお掛けしてしまうので……」

「そんなことないわよ。だって、ほら」

レクシアが示した先、獣人が買い物をしたり談笑したりしているのを見て、ティトが目を丸くする。

「あれっ、獣人が普通に生活しています……！」

「ああ。どうやらこの国は多様性を認め、様々な種族が受け入れられているようだな」

「！　そ、そういう国もあるって師匠から聞いたことがあったけど、本当だったんだ……！」

「アルセリア王国やレガル国も同じよ。獣人はもちろん、たくさんの種族が協力しながら暮らしているわ」

「す、すごいです……！　私の生まれた北方の国では、獣人は迫害されていたので……それに、私は獣人の中でも少しみんなと違っていて、余計に怖がられていたから……本当にこんな国があるんだって、びっくりしてしまいました……」

「そうだったのね。でも、サハル王国は他種族との交易も盛んだし、いろんな種族が暮らしているわ。だからティトも、堂々と歩いて大丈夫よ」

レクシアに優しく笑いかけられて、ティトはこくりと喉を鳴らすと、押さえていた耳をおそるおそる放した。誰も立ち止まったり嫌悪の視線を向けず、忙しなく行き交うのを見て、驚いたように目を見開く。

「ね？」

「は、はいっ」

レクシアが片目を瞑ると、ティトは嬉しそうに頬を上気させ――その目がはっと見開かれた。

白い耳をぴんと立て、風のにおいを嗅いでいる。

「？　どうした、ティト？」

「あ、いえ……この気配――」

「っ、くひゅん！」

レクシアのくしゃみに驚いて、ティトが飛び上がった。

「ふぁっ!?　だ、大丈夫ですか、レクシアさん!?」

「ええ。でも、すごい砂埃ね」

「オアシスとはいえ、砂漠の真ん中にあるからな」

レクシアはくすんと鼻を鳴らした。

「それで、ええと、なんだっけ……そうそう！　まずはライラ様の所に行かないと！」

「あ、あの、ライラさん？　は、王宮にいるんですよね。どうやって入るんですか？」

「ティトの言う通りだ。一介の旅人が王宮に入れるわけはないし、かといって馬鹿正直にレクシアの身分を明かせば、国を巻き込んだ大騒動になるぞ」

しかしレクシアは、涼しい顔で城壁を指さす。

「簡単よ。壁を乗り越えればいいじゃない」

「乗り越えるって……不法侵入するっていうことですか!?」

「お前なぁ、王宮だぞ？　そう簡単に侵入できるわけないだろう」

「できるわよ。ティトは耳と鼻がいいんでしょう？　ルナの糸もあるし、警備の目をかいくぐるなんて簡単だわ。大丈夫、絶対にうまくいくわよ！」

「……すまないティト、こういうヤツなんだ。慣れてくれ」

「は、はいっ！　とても、その……前向きで大胆で素敵ですね！」

「無理に褒めなくていいぞ」

三人は城壁に沿ってひと気のない裏手に回ると、侵入作戦を開始した。

「ここなら人目もなくて良さそうね！」

「私が先に登ろう」

最初にルナとティトが壁に登り、ティトが鋭い聴覚と嗅覚で辺りを警戒する。

その間に、ルナが糸でレクシアを引き上げた。

「ねえ、揺れるわ⁉　もっと優しく持ち上げて！」

「わがままを言うな」

なんとか外壁を乗り越え、物陰に身を潜めながら移動する。

「ここまでは順調だな」

「ねっ、言ったでしょ――」

「！　足音がします、隠れてください！」

繁（しげ）みに伏せた三人の元に、見張りの兵士が数人近付いてくる。

「おかしいな。さっき、こっちで話し声がしたんだが……」

「……どうやらかぎつけられたようです……」

「ああ。糸を囮にして注意を逸らすか……」

ルナとティトが小声で対策を相談していると、レクシアが囁いた。

「任せて、こういう時のとっておきがあるの」

「とっておき？　一体何を――」

怪訝そうなルナをよそに、レクシアは大きく息を吸い、

「にゃあああああんっ!!」

「そんな元気な猫がいるかー！」

「むぐー！」

ルナがレクシアの口を塞ぐも、時既に遅し。

「!?　な、何だ、今の大きな声は!?」

兵士が繁みを覗き込もうとした時、ティトが咄嗟にか細い声で鳴いた。

「みゃ、みゃぁぉ～……」

「……なんだ、子猫か？　なら、さっきのは親猫か？」

「子猫を守るために気が立ってるんだろう、そっとしておけ。全く、人騒がせな……」

遠ざかる兵士たちを見送って、レクシアが額を拭う。

「ふう、行ったわね。お手柄よ、ティト！」

「あ、ありがとうございますっ……！」

「でも、私の猫の真似（まね）もなかなかだったでしょっ？」

「レクシア、お前は二度と猫を騙（かた）るな」

「なんで⁉」

その後も、時折通りかかる警備兵をやり過ごしつつ、広い庭園に足を踏み入れる。

よく手入れされた垣根には色鮮やかな花が咲き乱れ、水路には澄んだ水が流れていた。

「すごい、綺麗（きれい）なお庭ですね」

「ライラ様はどこかしら？」

木々の陰に身を潜めながら、探すことしばし。

「どこにもいないわねぇ。私の勘が、確かにこっちだって告げてたんだけど――あっ！」

レクシアは、赤い屋根の四阿（フォリー）に、ドレス姿の少女を見つけた。

「ライラ様！」

レクシアの声に、人形のように美しい少女――ライラが弾（はじ）かれたように振り返った。

駆け寄ってくるレクシアたちの姿を見て、大きな目を見開く。

「れ、レクシア様⁉　一体なぜここに⁉」

縦巻きにした長い金髪に、トパーズを思わせる大きな瞳。大輪の花のような絢爛さを振りまきながらも気品ある佇まいは、紛うことなきレガル国の誇る麗しき第一王女、ライラだった。

ライラは旅装に身を包んだレクシアを見て、さらに目を瞠る。

「それにその格好、もしかして……」

「そうよ！　王女としての公式訪問じゃなく、いち旅人として来たわ！」

「それどころか、不法侵入したしな……」

疲れたようなルナの呟きに、ライラはなおさら仰天した。

「な、なぜそのような⁉　一体どういう経緯で……⁉」

「私たち、困っている人を助ける旅に出たの！」

「た、旅⁉　しかも身分を隠して……⁉　そんな危険な――」

「そしてライラ様が、私たちの助けるべき最初の相手っていうわけ」

「え？」

レクシアは、驚くライラの手をそっと取った。

「オルギス様から聞いたわ。サハル王国の第一王子と婚約って、本当なの？　ライラ様、政略結婚なんて受け入れるタイプじゃなかったじゃない。オルギス様、心配してたわよ」

「……それでわざわざ、こんな所まで……？」

ライラは声を詰まらせていたが、唇を引き結ぶと頭を下げた。

「……ありがとうございます。けれど何を言われようと、戻る気はありませんわ。レガル国とサハル王国が結びつけば、互いの国を守る大きな力になります。民の平穏のために身を捧げることこそが、わたくしたち王女の務めなのですから」

「ライラ様は本当にそれでいいの？『わたくしが嫁ぐなら、誰よりも強い殿方でなければ』って言っていたじゃない」

「まあ、ふふ。いつか、そんなことも言いましたわね。ですが、国のためには――」

「それだけじゃないわ、前に私に語ってくれた、『レガル国の人たちの幸せそうな顔を、王女として一番近くで見守り、寄り添いたい』っていう言葉、あれは嘘だったの？」

「それ、は……」

逃げるように目を伏せるライラを、レクシアはまっすぐなまなざしで覗き込む。

「確かに国同士が力を合わせることは大切よ。けれど、それが政略結婚である必要はないわ。誰かの犠牲の上に成り立つ平和なんて脆いものよ。レガル国の人たちだって、ライラ様から笑顔が失われること、望んでいないんじゃないかしら？　私だって、ライラ様が幸せじゃなきゃ、いやよ」

「…………」

ライラの表情が哀しげに曇る。国のため、国民のためを想って気丈に振る舞ってはいるが、ライラがこの婚約を望んでいないことは明らかだった。

「それに……ねえ、ライラ様。政略結婚に応じるということは、権力争いの渦中に飛び込むということよ。この先、ライラ様を疎むものが出ないとは限らない……ううん、今この瞬間にも、ライラ様の身に危険が及ぶかもしれないのよ？」

「それは……──」

ライラが目を伏せた時、その背後にある垣根が微かに揺れた。鋭く光る物体が、ライラに向かって飛来する。

「危ない！」

周囲を警戒していたティトが、飛来物に向かって爪を薙いだ。

キィンッ！　と澄んだ音と共に、銀色の欠片が地面に落ちる。

それは二つに折れたナイフだった。

「そこか！」

ルナが垣根に糸を放つが、怪しい気配は刹那の間に消え失せていた。

「ルナ、今のは？」

「暗殺者だ。ライラ様を狙ったのだろう」

折れたナイフを見下ろして、ライラが蒼白になる。

「一体誰が、なぜ……」

「この結婚を快く思わない者がいるのだろう。第一王子がレガル国と結びつくことを良しとしない王族派閥か、あるいは権力を欲している輩か……相変わらず面倒な世界だな」

闇ギルドに所属していたルナにとっては珍しくもないことだったが、ライラはショックを隠しきれない様子で立ち竦んでいる。

「ライラ様……」

レクシアがライラに寄り添おうとした時、ティトがはっと耳をそばだてた。

「誰か来ます！　さっきの暗殺者がまた来たのかも……!?」

「いや、気配が違う！　だが私たちがここに居るのが見つかるとマズい！　隠れるぞ、レクシア！」

「むぐー！」

ルナがレクシアを柱の裏に引きずり込み、ティトも身を隠す。

ほどなくして現われたのは、青白い顔をした痩せぎすの若い男だった。

「やァ、ライラ」

「ザズ王子……」

歪（いびつ）な笑みを浮かべる男を、ライラが緊張した面持ちで迎える。

レクシアが柱の陰から観察しながら小声で囁いた。

「あれがライラ様の婚約者——サハル王国の第一王子ね！　見るからに、ライラ様の好きなタイプとはかけ離れていそうだけど……」

「しっ、あまり顔を出すな！」

ザズ王子は不気味な目をライラに向けてぐりんと首を傾（かし）げた。

「今日の体調はどうだい、ライラ？　食事はちゃんと摂（と）れているかい？　熱っぽかったり、喉が痛いなど、異状は？　少しでも調子が悪いところがあればすぐに……おや？」

抑揚のない声でまくし立てていたザズが、突然身を乗り出した。

「おやおや、おやァ？　なんだか顔色が悪くないかい？」

「そ、そうでしょうか？」

「そうだとも！　頬の血色が良くないし、髪の艶も悪いね。……何かあったのかい？」

「いいえ。ただ、少し寝不足なので、そのせいかもしれませんわ」

ライラはそつなく微笑(ほほえ)みながらかわそうとする。

するとザズは突然目を剝(む)いて絶叫した。

「寝不足……寝不足だって⁉ なんてことだ、これは一大事だ、キミの健康が損なわれるなんて許されないッ！ キミははるばるレガル国から来た、大事な大事なボクの……！」

言葉半ばに、ザズはライラが圧倒されていることに気付いたようだった。

すっと身を引いて真顔になる。

「いや。いやいやいや、失礼したね。それじゃ、ボクは用事があるから。後で薬を届けさせよう。一粒飲めば、よォく眠れるようになるさ……」

ザズは去りかけて、ぎょろりと振り返った。

「ああ、そうだ。先程、何か物音がしたようだケド……君を狙っている、良からぬ輩がいるかもしれない。気をつけるんだよ」

ザズが不気味な笑みを残して去ったのを見届けて、レクシアたちは柱から顔を出し、

「怪しすぎるわ！」

「大きな声を出すな」

開口一番、全力で叫ぶレクシアに、ルナが呆(あき)れた目を向ける。

「だって見た!?　あのぎらぎらした目つき！　不自然な言動！　愛する婚約者への態度じゃないわ、絶対におかしいわよ！」

「ちょ、ちょっと変わった王子様でしたね……」

「ザズ王子は、毎日ああして、わたくしの健康状態をご確認にいらっしゃるのですわ」

「本人が不健康そうなのに、変な話ね。それに『君を狙っている輩がいるかもしれないから気をつけろ』ですって？　しらじらしいにも程があるわ」

疲れた様子のライラを見ながら、ルナは胸中で呟いた。

「(確かに……ただの政略結婚にしても、様子が変だ。暗殺者の件もある。この婚約、レクシアの言う通り、裏がありそうだな)」

レクシアは納得いかない様子でライラを振り返った。

「ねえライラ様、本当に彼と結婚していいの？」

「……ええ。それがわたくしの、王女としての使命ですもの」

ライラは気丈に言ったが、噛みしめるような呟きはまるで自分に言い聞かせているようだった。

「(望まぬ婚姻のために遠い異国に来て、そればかりか暗殺者に命を狙われている、この状況……不安になって当然だろう)」

ルナはライラの心中を想って口を噤んだ。

レクシアは暗く沈んでいるライラの横顔をじっと見つめ、神妙な顔で考え込んでいたが、やがて目を上げた。

「王宮に籠もっていても、気分が塞ぐだけだわ。それに、またすぐに襲撃がないとも限らない。……みんな、よく聞いて。私に名案があるの」

「名案？」

ルナたちの視線が集まる中、レクシアは大きく息を吸い、

「──観光に行きましょう！」

「馬鹿なのか⁉」

「馬鹿とは何よ⁉」

「明らかにそんなことをしている場合ではないだろう！」

「あら、こんな時だからこそよ。刺客がいるなら、逆に人混みに紛れたほうが狙われにくいわ。それに暗殺の首謀者が誰だか知らないけど、今の失敗で、相手も計画を練り直すはずよ。安易な追撃をしてくるようなら所詮それまでの敵だし、何よりこっちにはルナとテ

ィトがいるんだもの。無計画に襲撃してきたら、一網打尽にできるでしょ？　かえって好都合だわ」

「……もっともらしいことを言っているが、お前が観光したいだけだろう」

「そうよ、悪い？」

「はあ……」

悪びれる様子もなく胸を張るレクシアに、ルナは額を押さえつつも、胸中で呟いた。

「（……実際、一番暗殺しづらいのは予想外の動きをする標的だ。なおかつ人混みなら刺客を撹乱するのも容易く、理にかなっている。……レクシア自身、妾の子という複雑な立場だ。幼い頃から王族のしがらみに巻き込まれてきたせいか、無意識に身を守る術を身に付けているのかもしれないな……）」

「ねっ、ティトも観光したいわよね？　サハル王国のグルメ、興味あるでしょ？」

「ふぁっ!?　あっ、は、はいっ……！」

「（……やっぱり気のせいかもしれない）」

当のライラは話の展開についていけず、唖然としている。

レクシアはそんなライラを振り返った。

「ライラ様は、もう王都は見てまわったの？」

「い、いいえ……王都は馬車で通ったきりで、王宮から出ていませんわ」

「じゃあなおさら行きましょう！　明るく陽気な太陽の国だもの、楽しまないのはもったいないわ！」

「あのなあ……お前とライラ様では、事情が違うんだぞ」

「何よ、ルナ。こういうのは観光気分くらいでちょうどいいのよ！　沈んだ気分のままでいると、運も向いてこないし。やるべきことが分からないなら、やりたいことをやるのが一番よ。ね、ライラ様っ？」

「え、ええ」

ライラが思わず頷（うなず）くと、レクシアは笑って手を差し出した。

眩（まばゆ）い笑顔に導かれるように、ライラがその手を取る。

「それじゃあ、サハル王国観光に出発よ！」

四人は王宮を抜け出して、街へ繰り出した。

＊＊＊

サハル王国の王都は多くの人で賑（にぎ）わっていた。

王宮前の広場は美しく整備され、花壇には花が咲き乱れている。

「あちこちに噴水があるのね！　オアシス都市だから、水が豊富なのかしら？」

「それもありますが、サハル王国も魔法の研究に力を入れていて、特に砂漠の真ん中にあるという土地柄、水魔法の研究が盛んなのだそうですわ。……もちろん、我がレガル国ほどではないようですが」

「レガル国は世界一の魔法大国ですものね」

レクシアたちはライラの解説を受けながら、広場を散策する。

ライラも豪華なドレスから着替え、四人とも装いだけ見れば旅人と変わらないはずなのだが、並外れた容姿や優美な雰囲気を隠しきれず、道行く人の注目の的になっていた。

「ねえ見て、あの子たち、すごく綺麗……！」

「所作がとても優雅ね、どこかのお姫さまかしら？」

「そこのお嬢さん方、ナッツを買っていかないかい？　可愛いから安くしちゃうよ――うわっ、とんでもなく可愛いな!?」

「おかしいわね？　どこからどう見てもただの旅人のはずなのに、なんでこんなに見られているのかしら？」

自分たちのオーラと美貌が人々を引き付けていることなど露知らず、レクシアは首を傾げている。

そんな中、ティトは人混みに慣れていないせいか、緊張した様子でしきりに辺りを見回していた。

人とすれ違う度に身を硬くするティトに、レクシアが優しく微笑みかける。

「私たちがついてるから大丈夫よ、ティト。街遊びなら任せて！」

「は、はいっ」

「なんで王女が街遊びに詳しいんだ、おかしいだろ」

「おかしくないわよ。ちょっとお城を抜け出して、お忍びでお買い物をするだけなんだから。みんなやってることでしょ？」

「いいか、レクシア。普通、王女はそういうことはしないんだ」

「オーウェン様の気苦労が偲ばれますわね……」

ライラはそう苦笑いして、ティトに目を移した。

「ところで、こちらの愛くるしいご令嬢は、レクシア様の新しい護衛の方ですか？」

ライラは、レクシアとその護衛であるルナとも面識があるが、ティトとは初対面だった。

「護衛っていうか、私たちの新しい仲間ね！　ティトっていうの。とっても強くて頼りになるのよ！」

「初めまして、ティトです。よろしくお願いします！」

「ティト様。先程は刺客から守ってくださり、ありがとうございました」

「は、はいっ！」

優しく微笑みかけられて、ティトが嬉(うれ)しそうに頬を上気させる。

四人はそんな会話を交わしながら広場を出て、賑やかな路地に入った。

「わあ、すごい活気ね！」

「様々なお店がひしめく路地は、サハル王国の特徴のひとつで、市場(バザール)と呼ばれていますわ」

「いろいろな文化が混じっていて面白いな。交易が盛んだからだろうか？」

革製品に陶器、絨毯(じゅうたん)、ランプに香水、絹や蜂蜜等を扱う店が所狭しと並び、呼び込みの声が行き交う。乾いた風が吹く度に、壁に掛けられた織物(おりもの)や絨毯がはためき、スパイスの香りが鼻をくすぐった。

「みなさんストールを巻いていますね。日差しを防ぐためでしょうか？」

「ええ。それと、砂埃(すなぼこり)を防ぐために必須なのだそうですわ」

「確かに凄(すご)い砂埃だものね……っくひゅん！」

「それにしても、青い布やアクセサリーが多いな」

「サハルブルーですわね。水を尊ぶサハル王国では青を神聖な色としていて、特にサファイアは王侯貴族に人気が高く、特別な装飾品などによく使われるそうです」

淀(よど)みなく応えるライラに、レクシアが感心したように目を向ける。

「ライラ様、詳しいのね」

「レガル国を発(た)つ前に勉強したのですわ。文化も気候も違う国に行くからには、その土地のことをよく知らなければと。……けれど、こんなに笑顔と活気に溢(あふ)れているだなんて、本を読んだだけでは分かりませんでした」

狭い路地に溢れる熱気と、日に焼けた人々の笑顔を見渡して、ライラは目を細めた。

レクシアは同じように、旅人で賑わう店を見回し――

「ねぇ見て、サハル王国の民族衣装ですって！　ティトに似合いそう、試着してみてよ！」

「ええっ!?　で、でも私、こんな高級そうな服、どうやって着ればいいのかっ……そ、それに似合わないと思いま――」

「じゃあ手伝ってあげる！」

「あわわわ……!?」

「おい、あまり無理強(じ)いするなよ」

レクシアは服を手に取ると、問答無用でティトを試着室に押し込んだ。

ルナとライラが待っていると、カーテン越しに二人の声が聞こえてくる。

「はい、脱いで脱いで！」

「ふぁ、は、恥ずかしいです～……」

「これも社会勉強の一環よ！」

「そうなんですか⁉」

「そうよ！　ほらほら、腕を上げて……って、出会った時から薄々思ってたけど……ティト、けっこういい胸してるわね？」

「ひょわあぁぁ⁉　く、くすぐったいです、レクシアさん～……っ！」

「何をしてるんだ、あいつ」

そして数分後。

「できたわ！　どうかしら！」

レクシアがカーテンを開けると、サハル王国の民族衣装に身を包んだティトが立っていた。

「おお」

「うう、生地が薄くて、面積も小さくて、おなかがスースーします……」

露出の多いエキゾチックな装いになったティトは、頬を染めながら恥ずかしそうにおへそを隠す。華やかな刺繍を施された生地は白い肌を柔らかく覆い、透け感のあるスカートが揺れる度に、ビーズやコインの装飾がきらきらと光った。

「まあ、可愛らしい」

「かなり雰囲気が変わったな」

ライラが歓声を上げ、ルナが驚く。

「でしょっ？　すごく似合ってるわよ、ティト！」

「あ、ありがとうございます」

頬を染めて照れるティトを、レクシアは満足そうに眺め――

「……それにしても、やっぱりいい胸してるわね」

「ひゃう⁉　れ、レクシアさんっ……⁉」

胸をつんつんとつつかれて、ティトが真っ赤になる。

無心でつついているレクシアに、ルナが割って入った。

「やめないか、レクシア。何をそんなに……む。これはなかなか（ぷにぷに）」

「あわわわわ……⁉」

「お二人とも、ティト様がお困りですわよ……うーん、確かに魅惑の弾力ですわね（ふよふよ〕」

「はわわわわ……!?」

「それにしてもこの服、すごく素敵だわ！　私たちも着てみましょう！」

レクシアはまたも問答無用で三着選ぶと、ルナとライラを試着室に押し込んだ。

数分後、試着室から華麗に登場したレクシアたちを見て、ティトが目を輝かせる。

「わぁ、みなさん、すごく綺麗です！」

レクシアはピンク、ルナは青、ライラは紫の衣装を纏(まと)っていた。

艶(あで)やかな意匠の服を、それぞれ見事に着こなしている。

「ひらひらして慣れないが、思ったより動きやすいな」

「普段着ているドレスよりも軽くて涼しいですわね」

「すごく華やかで開放的ね！　気に入ったわ、今日はこれを着て観光しましょう！」

「少し派手すぎやしないか？」

「いいじゃない。せっかくの観光だもの、思いっきり楽しまなきゃ！」

レクシアはそう言うと、その場で全員分の服を購入したのだった。

＊＊＊

民族衣装に着替えた四人は、引き続き市場（バザール）散策を楽しむ。

「ユウヤ様にもお土産を買いたいわね！　あと、お父様やオーウェン、お城のみんなにも。何が良いかしら？」

「お土産なら、ティーグラスや革製品が人気だそうですわ。【サハル・シープ】の毛を使った織物も名産だとか」

「あの絨毯は、【サハル・シープ】の毛なんですね。色が鮮やかで、すごく綺麗です」

「あっ！　ユウヤ様に、この寝具なんてどうかしら？　私がユウヤ様に求婚された時のことを思い出すわね！」

「あれはただの勘違いだったろう、無効だ」

熱帯魚を思わせる優美な衣装が少女たちの魅力を引き立て、路地が花園のように華やぐ。

「見て、あの子たち、すごく綺麗。どこかのお店の宣伝かしら？」

「み、みんな可愛すぎる、うちの看板娘になってほしい……」

「あんな美人初めて見たぞ!?　なんだあの眩（まぶ）しい集団は……!?」

色とりどりの民族衣装を着たことで、四人はさらに周囲の注目を浴びていた。そして本人たちは与（あずか）り知らないことではあったが、それによって、ライラを狙う刺客を遠ざける効果も得ているのだった。

市場中の視線を集めながら、お土産を見て回る。

「わぁ、このオイル、とてもいい香りがします」

「本当だな。香油だろうか？」

「ええ。砂漠は日差しが強く、空気が乾燥しているので、香油は欠かせないのですわ」

レクシアは試しに香油を少し手に取り、声を弾ませた。

「この香油、すごくしっとりするわ。それに、とってもいいにおい。……えい」

「ひゃぅっ⁉」

レクシアが香油を取った手をティトのおなかに滑らせると、ティトはぴょんと跳ねた。

「ひゃ、れく、レクシアさんっ、くすぐった、い、ですっ、ふひゃっ」

「ふふ。ティトはくすぐったがりなのね」

「何をしてるんだ、お前」

「だってティト、色が白くて肌が弱そうなんだもの。香油で守ってあげなくちゃ……というか、この香油本当にいいわね」

レクシアはその場で香油を購入すると、さっそくティトのおなかに塗り込めた。

「うん、やっぱり香りもいいし、使い心地もいいわ」

「ひゃっ！　そ、そんなに塗ったら、もったいない、れひゅ……んひゃぅっ」

「そういえば、ティトは北方の国出身だと言っていたな。砂漠の日差しは辛(つら)いだろう」

「確かに、乾燥は美容の大敵ですものね」

ルナとライラも納得すると、香油を手に取った。

ティトの白い腕や首、柔らかな胸元や太ももを撫(な)でる。

「ひゃぁっ、だ、だめです、んっ、ふふっ、にゃ、んぅぅ～……っ」

「まあ。ティト様のお肌、きめが細かくて吸い付くようですわね」

「そうなのよ。それに、柔らかくて気持ちが良いのよね……特に胸とか」

「確かに、何というか、こう、ずっと触っていたくなるな」

「ふぁ、み、みなさんの手も、すべすべしてて、きもちいいれひゅ……ふひゃぁっ」

ティトはくすぐったいのを堪(こら)えているのか、白い耳としっぽがぷるぷると震えている。

「すごいな、あの一角。目の保養だ」

「こんな尊い光景、無料で見ていいのか……？」

「はあ、みんな嘘(うそ)みたいに可愛(かわい)いわ……見ているだけで癒やされる……」

可憐(かれん)な少女たちがきゃっきゃとはしゃぐ様子を、周囲の人々はうっとりしたり拝んだりしながら見守るのだった。

レクシアは仕上げに、ティトの頬を両手でもにもにと撫でた。

「はい、これでよし！　この香油、お風呂上がりに使っても良さそうね。これで毎日お手入れしてあげるわね。さ、観光の続きよ！」

「ふぁぁ、ふぁひ……」

ティトはくらくらしながら歩きだそうとして、とある店先に目を留めた。

「あ」

どうやら装具屋のようで、可愛らしいアクセサリーが並んでいる。

その中に、小さな花を模した髪飾りがあった。

思わず魅入っていると、レクシアがひょいと覗き込んだ。

「その髪飾りが気になるの？」

「あ、はい……昔、師匠と一緒に暮らし始めたばかりの頃、『聖』としての任務から帰ってきた師匠が、このお花をくれたんです。なんでも、極東の島に咲く花だって……」

「可憐なお花ですわね。どこかティト様に似ているような……。ティト様のお師匠様もそう思ったからこそ、遠い極東からこの花を持ち帰ったのでしょうね」

ライラの言葉に、ティトはグロリアのことを思い出していた。

するとレクシアが髪飾りを手に取り、ティトの髪に挿した。

「うん、とっても似合うわ。すみませーん、これくださいな」

「れ、レクシアさん⁉」

「ふふ、仲間になった記念よ」

レクシアが片目を瞑り、ルナも目を細める。

「よく似合ってるな」

「あ……ありがとうございますっ、大切にします……！」

ティトは幼い顔いっぱいに喜びを浮かべて、頭を下げた。

＊＊＊

街の外れにさしかかった頃、レクシアが前方を指さした。

「見て、あれ！」

小さな広場で、数頭の動物が群れていた。

「【サハル・キャメル】だ。初めて見たな」

【サハル・キャメル】は人間が使役しているラクダの仲間だ。背中のこぶに水分を蓄えられるため、乾燥に強く、砂漠を歩くのに適している。

飼い主らしき人たちが、魔法で水球を空中に浮かせて、水を飲ませている。

レクシアたちに気付いた少年が手招きした。

「おねえちゃんたち、観光かい？　良かったら、記念に乗っていかない？」

「試乗できるようですわね」

「すごいわ、噂には聞いていたけど、本当にこぶがあるのね！　どんな乗り心地なのかしら？」

レクシアが好奇心を浮かべながら、一頭のラクダに近付く。

「あ、そいつは……」

少年が声を上げた時、ラクダが突然手綱を振りほどいたかと思うと、雄叫びを上げながらレクシアに突進した。

「ブモオオオオオオ！」

「きゃあああああ⁉　な、なんでー⁉　どうして追いかけてくるのよー⁉」

「れ、レクシアさーん！」

「しまった、あいつ、可愛い女の子が大好きなんだ。あっちはおれに任せて、おねえちゃんたちは先に楽しんでて！」

少年は、レクシアを追いかけ回しているラクダへと軽やかに駆けだした。

頼もしく走って行く少年を見送って、ライラが困ったように眉を下げる。

「レクシア様は心配ですが……ここで留まっていても、他の観光客のご迷惑になってしまいますね……どうしましょう……？」

「素人が下手に手を出しても事態を悪化させそうですし、ここはあの少年に任せましょう」

ルナとティト、ライラはお金を払い、それぞれラクダに乗った。

最初は飼い主たちが手綱を引いてくれたが、ルナとティトは持ち前の勘と身体能力ですぐに乗りこなせるようになり、ライラも乗馬を嗜んでいるためか、早々にコツを掴んだ。

「慣れるとおもしろいな」

「馬とは少し違いますのね。不思議な乗り心地ですわ」

飼い主たちが感心したように目を丸くする。

「へえ、お嬢ちゃんたち、上手だねぇ。【サハル・キャメル】を乗りこなすのは、サハル王国の人間でも苦労するんだが、大したもんだ。せっかくだから、良かったらそのまま街角を散策しておいで。歩くのとは違った景色が見られて、乙なもんだよ」

「いいんですか？」

「ああ。存分にサハル王国を楽しんでいっておくれ」

陽気な飼い主たちに送り出されて、ラクダで街を散策する。

「いい人たちだな」

「はい。親切で温かいですね」

ラクダに揺られながら、辺りを散策する。

ティトはふと、街角に数人の兵士が立っていることに気付いた。

屈強な兵士たちが、槍を手に厳めしい顔で周囲を警戒している。

「あの兵士さんたちは、何を守っているんでしょうか？」

「警備にしても、やけに物々しいな。何か理由があるのだろうか」

兵士はルナたちの視線に気付くと、横柄に告げた。

「この先は遺跡で足場が脆く、崩れやすくなっている。危ないから近付くな」

手綱を引いて引き返しながら、ライラが補足する。

「サハル王国は滅亡した街の上に建国された国で、今でも遺跡が残っているのですわ」

「兵士さんは、遺跡と人々の安全を守っていたんですね」

「とはいえ、妙に厳重だったな。それだけ崩れやすくて危険だということなのか……」

そろそろ広場に帰ろうとした時、レクシアがようやく追いついてきた。

飼い主の少年が、レクシアを乗せてご機嫌なラクダの手綱を引いている。

「ねえ、やっと乗れたわ。この子ぴょんぴょん歩くからすごく揺れるんだけど、【サハル・キャメル】ってみんなこうなのかしら――きゃあああああ!?」

　言葉半ばに、レクシアが悲鳴を上げる。

　レクシアを乗せたラクダが、嬉しさのあまり再び暴走を始めたのだ。

「うわあっ⁉」

「きゃあっ⁉　止まって！　言うことを聞きなさいよー！」

　ラクダは少年の手を振りほどき、障害物をすべて撥ね飛ばす勢いで、兵士の守っている場所に突進していく。

「ブモオオオオオオオ！」

「きゃあああああ！　どいてどいてー！」

「なっ⁉　なんだお前は⁉　止まれ、止まれーっ！」

　突然突っ込んできたラクダに、兵士たちが慌てふためく。

　飼い主の少年が、慌ててラクダの手綱を摑まえた。

「は、早く立ち去れ！　二度とこの付近に近寄るなっ！」

　わめき散らす兵士のポケットから何かが転がり落ち、かつんと音を立てた。

「……ブローチ？」

　それは小さなブローチだった。表面に蠍の紋章が刻まれている。

「あっ。兵士さん、これ——」

少年がブローチを拾おうと手を伸ばす。

するど兵士が顔色を変えた。ひったくるようにしてブローチを拾う。

「何をする、気安くこれに触るな！　さっさと行け！」

荒々しく追い立てられて、レクシアと少年は急いで遺跡を後にした。

「何よあれ、拾ってあげようとしただけなのに！　ねえ⁉」

「ブモモ！」

「気にすることないわよ。あなたはいいことをしたんだから、胸を張ってね」

「うん、ありがとう、おねえちゃん」

少年を慰めるレクシアの元に、ルナとティト、ライラが駆けつけた。

「ご無事ですか、レクシア様！」

「遺跡が崩れなくて良かったですね……！」

「ああ。それにしてもあの兵士、あのブローチがそんなに大切だったのか？」

「それにしたって失礼しちゃうわ！」

レクシアの無事を確かめて、ライラが胸をなで下ろす。

「なんにせよ、ご無事で良かったですわ。さあ、そろそろ広場に戻りましょう」

＊＊＊

広場に戻って、ラクダを降りる。

「なかなか面白い体験だったな」

「はい！　視界が高くなって、すごく新鮮でした！」

既に陽は傾きかけて、煉瓦の街並を赤く染めている。

「乗せてくれてありがとう、とても楽しかったわ。そうだ、飴をあげるわ」

「わあ、ありがとう！」

「お前、まだ持ってたのか!?」

「もちろんよ！　まだたくさんあるわ！」

「ブモモモモモ～」

「あなたはだめよ、おなかを壊しちゃうでしょ？」

「ブモ！　ブモモモ～～～～！」

「だめだったら、うぶぶ、私は飴じゃないわよ、舐めないで！　うぶぶぶ！」

レクシアがラクダに舐められて困惑していると、軽やかな笑い声が聞こえた。

振り返ると、ライラが口を押さえて笑っていた。

「ライラ様？」

「ふふ、申し訳ございません。レクシア様、そんなに懐かれて……いいにおいでもするのかしらって、思ったら……ふふふ」

「ちょっと、笑いすぎよ」

「ごめんなさい、でも、可笑しくて……ふ、ふふふっ」

「もうっ！」

レクシアはむくれながらも、頬を緩ませた。

「でも……やっと、私が知っているライラ様の笑顔が見られたわ」

「……ありがとうございます」

慣れない土地に来てずっと張り詰めていた気持ちが、レクシアたちと観光を楽しんだことでようやく緩んだのだろう。

ライラが見せた心からの笑顔に、レクシアも微笑んだ。

「じゃあね、おねえちゃんたち！　また遊びに来てねー！」

「ええ！　また会える日を楽しみにしてるわ！」

「ブモモ～」

四人は飼い主の少年とラクダに手を振って別れを告げ、王宮への帰途についた。

＊＊＊

王宮への帰り道、市場は夕飯の買い出しらしき人たちで賑わっていた。

「みなさん笑顔で、活気がありますね」

「サハル王国は歴史の古い国ですから、きっと昔からたくさんの人が、連綿と平和を紡いできたのでしょうね」

「勉強になるわ。国民がいつでも笑顔でいられるように、私たちも見習わないとね！」

「……レクシア、どうした急に。まるで王族のようだぞ」

「王族なんだけど!?　――あっ、見て！　おいしそうな串焼きよ、買いましょう！」

「王族が気軽に買い食いをするな。それに、もう帰ると言っていただろう」

「分かってないわね、ルナ！　食べ歩きこそ観光の醍醐味なのよ！　ライラ様とティトも食べるでしょ？」

「あ、いえ、ええと……」

レクシアは返事も聞かず、串焼きを四人分購入した。

店主の女性はレクシアに串焼きを渡しながら、日に焼けた顔を綻ばせる。

「お嬢ちゃんたち、旅人さんかい？　サハル王国はどうだい？」

「陽気で楽しくて、とってもいい国だわ！　みんな明るくて、不安や心配事もなさそうで、平和な国なのね」

「そうだねぇ。ただ、心配事といえば――」

店主が言いかけた時、地鳴りのような不気味な音が響いた。

「何かしら、この音？」

街の人々も立ち止まり、怯えた様子で辺りを見回している。

「また『大地の呻き』だね……」

「大地の呻き？」

「ああ。サハル王国に古くから伝わる伝承で、この声が響きはじめると、じきに災いが降りかかるといわれているんだよ。最近妙に多くてね、悪いことが起こらなきゃいいんだが……」

「そんな伝承が……」

怯える人々を見て、ライラが胸を痛めたように眉根を寄せる。

地の底から響くような低い音は長く尾を引き、やがて止んだ。

「またか……ずいぶん長かったな……しかも、だんだん大きくなってないか？」

「この街が崩壊する前触れなんじゃ……」

「大丈夫、きっとブラハ国王がなんとかしてくれるさ……」

不安げにざわめく人々に、兵士が声を張る。

「『大地の呻き』などおとぎ話だ、くだらん！　さっさと行け！」

追い立てられるようにして、立ち止まっていた人々が散っていく。

レクシアたちも、店主にお礼を言って店を後にした。

「『大地の呻き』か。不気味な音だったな」

ルナの呟きに、ティトが口を開いた。

「あの、地鳴りの他に、何か聞こえませんでしたか？　もっと甲高い、風のような……」

すると、その言葉を聞き咎めたらしい兵士が声を張った。

「そんなもの、遺跡に吹き込んだ風が鳴っているだけだろう。いいから立ち去れ！」

乱雑に追い払われて、レクシアが口を尖らせる。

「もうっ、何よさっきから、感じ悪いわね！　私の国の兵士なら、おしりぺんぺんの刑だわ！」

「それでいいのか、王族……」

四人は賑やかに帰途を辿る。

ちなみにライラとティトの分の串焼きは、レクシアがおいしくいただいたのだった。

＊＊＊

レクシアたちが観光を満喫していた頃。

「失敗した？」

巨大な何かの息遣いが響く、暗く湿った空間。

低い声で繰り返す男に、跪いた部下が頭を深く垂れる。

「はっ。あと一歩のところだったのですが、新しく来た付き人らしき者どもに阻止されました」

「まさか……わざわざ闇ギルドに依頼したのだぞ。よほど手練れの護衛でもない限り、防げるはずはない。その付き人ども、一体何者なのだ……？」

ライラ暗殺失敗の報を受けて忌々しげに呻く男に、さらに驚きの報がもたらされた。

「加えて、ライラ様のお姿がありません。どうやら件の付き人たちと観光に出掛けたようで……」

「……観光、だと……？」

信じがたい言葉に、男は目を剥いた。

「命を狙われている状況で観光に出たというのか⁉」

「は……それも異様に民衆の目を集め、手出しできない状況で……」

「くそっ、世間知らずな小娘めが、勝手な行動をしおって！　人混みに紛れられては迂闊に手が出せん……！　まさか優秀な参謀でもついているのか……!?」

男は握った拳を軋ませながら顔を上げた。

鋭い視線の先。闇に溶け込むようにして眠る、巨大な影があった。

「第一王子があのレガル国の小娘と婚姻を結べば、王家の権力基盤はより強固になり、私の権力は衰えるだろう。その上、万が一計画発動前にこいつの存在を嗅ぎ付けられれば、レガル国の魔法技術を以て潰される危険もある。我が野望成就のためにも、あの小娘は邪魔なのだ……！　早く、早くこいつを目覚めさせなければ……！」

男の焦りに呼応するように、深い眠りに囚われたそれが身じろいだ。

ぐるるるる、と低く重たい呻きが、空洞に反響する。

「ひ……！」

「う、動いた……!?」

周囲の部下たちが後ずさり、側近が怯えながらも男に囁いた。

「ま、万が一のこともございます、例のブローチをおつけください。あれがないと危険だと……」

「ん？　――ああ、そうだったな」

男は蠍(さそり)の紋章が刻まれたブローチを取り出すと、胸につけた。

その唇に、ふっと酷薄な笑みがよぎる。

蛇のような目が、祭壇の上に横たわる黒く巨大な影を見上げた。

「……まあいい。こいつの封印さえ解き放たれてしまえば、王の権威も魔法大国も、恐るるに足らん。引き続き、我々の計画を進めるのみ。世界は間もなく我が手中に……クク、く、ギぎギギ……」

歪(ゆが)んだ口から、引き攣(つ)れた笑い声が漏れる。

その手には、古びた笛が握られていた。

＊＊＊

「はー、楽しかったわね！」

レクシアたちが観光を終えて王宮に戻った頃には、日が暮れていた。今回はライラも一緒だったため、正式に城門から入ることができ、門番はサハル王国の民族衣装を着たライラの姿に驚きつつも、すぐに通してくれた。

「こちらですわ、みなさま」

ライラがレクシアたちを自分の居住区へと案内する。第一王子の婚約者であるライラには、広大な区画が丸ごと宛がわれていた。

その時、廊下の先から一人の男がやってきた。

「おや、ライラ様」

一目で上質と分かる服に身を包み、黒々とした髭を蓄えた壮年の男だ。壮麗な調度品の中で、黒い厚手のマントがひどく浮いている。

「誰なの？」

「サハル王国の宰相、ナジュム閣下ですわ」

小声で尋ねたレクシアに、ライラが囁く。

男――ナジュムは、ライラを冷たい目で一瞥した。

「訪ねても不在だったので、どこに行かれたのかと思えば、観光とはのんきなものですな。まったく、常識外れな……貴女様は、サハル王国の王太子妃となられる大切な御身。くれぐれも勝手なことはなさらないように」

「はい。申し訳ございませ――」

「視察です」

粛々と頭を下げようとしたライラを、レクシアが遮る。

「おい」

ルナが止める暇もなく、レクシアは毅然と宰相を見上げた。

「ライラ様は、視察に出られたのです。ナジュム閣下の仰せの通り、ライラ様はサハル王国の王太子妃になられる御身。ですから、この国をご自身の目で見て、文化を知り、民とふれあおうとお考えになったのです」

「……ライラ様、この者たちは？」

「あ……彼女たちは……」

言い淀むライラの代わりに、ルナが咄嗟に応じた。

「私たちは、レガル国から来たメイドです」

「メイドですと？」

「そ、そうですわ。わたくしの身の回りの世話をしてくれています」

ライラが話を合わせると、ナジュムは不機嫌そうに目を眇めた。

「……従者たちと遊び歩くのも結構ですが、未来の王太子妃として恥ずかしくないよう、節度を保った言動をお心掛けください。近々、お披露目のための夜会もございます。どうぞご準備を怠りませんよう」

ナジュムはそう言い残すと、マントを翻して立ち去った。

ライラが息を吐いて、レクシアたちを振り返る。

「ありがとうございます、助かりましたわ」

「申し訳ありません、咄嗟にメイドということにしてしまいました」

ルナに続いて、レクシアも頭を下げる。

「私も、差し出がましいことをしてごめんなさい！　ライラ様があんな風に言われて、悔しくなっちゃって……」

「いいえ。庇ってくださって、嬉しかったですわ」

レクシアはライラと顔を見合わせて笑うと、宰相が去った方向を睨んだ。

「それにしても、さっきの宰相、感じ悪いわね。ライラ様にもやけに威圧的だったし、失礼しちゃうわ」

レクシアは頬を膨らませていたが、ティトが宰相の消えた廊下の先をじっと見つめていることに気付いた。

「ティト、どうしたの？」

「あの気配……い、いえ、なんでもないですっ」

「そう？」

レクシアは不思議に思ったが、すぐに切り替えて両手をぱちんと合わせた。

「でも、メイドっていうのは好都合ね。これで堂々とライラ様の傍にいられるもの！」

「あの、お気持ちは嬉しいのですが、これ以上皆さまを巻き込むのは……」

レクシアの勢いに押されて観光を楽しんでしまったが、ライラは刺客に狙われている状況を思い出して、固辞しようとした。

しかしレクシアは淡い金髪を揺らして、首を横に振った。

「いいの。放っておけるわけないもの。言ったでしょ？　ライラ様が幸せじゃないといやなの」

「……ありがとうございます」

噛みしめるように頭を下げるライラに笑いかけて、レクシアは胸を張った。

「それじゃあ、明日からやるべきことは決まったわね！　メイドの振りをして刺客の襲撃に備えつつ、水面下で渦巻く陰謀を解き明かすわよ！」

「はいっ！」

「確かに、身辺を警護するにはメイドはうってつけだな。……だがレクシア、メイドに家事能力は必須だぞ。大丈夫なのか？」

「そんなの、気合いでなんとかなるわよ！」

波乱の幕開けを悟って、ルナはため息を吐いたのだった。

＊＊＊

王宮に戻ると、ライラは宛がわれた部屋の数々を案内してくれた。

王子の婚約者に提供されるだけあって、どの部屋も広く、調度品も最高級のものが揃っている。

「わあ、すごい、豪華ですね……！」

「幸いこの区画には、空いているお部屋がたくさんございますし、キッチンやお風呂も備え付けられております。どうぞお好きな部屋をお使いになって、今夜はごゆっくりお休みください。それでは、おやすみなさいませ――」

「何言ってるの？」

「え？」

きょとんと立ち尽くすライラに、レクシアは当然のように言い放った。

「一緒に寝るに決まってるじゃない」

「え？　い、一緒に、ですか？」

「そう、一緒に。当たり前じゃない」

「はあ。レクシア、あまりライラ様を困らせるな」

ルナが額を押さえ、ライラは困惑しながら首を傾げた。

「ですが……わたくしは良いのですが、皆さま、それだとゆっくり休めないのでは？」

「だって、いつ襲われるか分からないのよ？　私たちは今、ライラ様の護衛なんだから。寝る時だって傍にいるわ」

「とか言って、お泊まり会を楽しみたいだけだろう、お前は」

「それもあるわね！」

「あ、あるんですね……」

「いいから、ほら、部屋に入りましょ！」

レクシアがライラたちの背を押して、問答無用で部屋に押し込む。

「みんなで寝るなんて、わくわくするわ！　旅の醍醐味っていう感じね！」

「やっぱり楽しみたいだけじゃないのか……？」

「ふふ。わたくしも初めての体験ですわ。とても新鮮ですわね」

賑やかにおしゃべりしながら寝間着に着替えると、ベッドにダイブする。

天蓋付きのベッドは大きく、四人が寝転がっても十分な広さがあった。

「ふおお、すごい、ベッドがふかふかです……！」

「明日も忙しくなりそうだ、早く寝るぞ、レクシア——うぶ」

言いかけたルナの顔に、枕がぼふっと当たる。

レクシアが腰に手を当てて不敵に笑った。

「ふふふ、甘いわね、ルナ！　護衛たるものいついかなる時も、油断は禁物よ！　というわけで、ライラ様も、襲撃に備えて身を守る特訓をしましょ——んむ！」

言葉半ばに、ルナが投げた枕が、狙い違わずレクシアの顔を直撃した。

「ぷぁっ！　何するのよーっ！」

「はあ、特訓というのは建前で、単にお前が枕投げしたかっただけだろう。……だが、いいだろう。お前がそのつもりなら受けて立とう——『傀儡』！」

ルナが糸を操り、枕やクッションがふわりと浮かんだ。

ひゅんひゅんと唸りを上げながら、次々にレクシアを襲う。

「あっ、糸を使うなんて、ずるいわよ⁉」

「ふん。これも実力の内だろう」

「る、ルナ様、それは枕投げに使って良いような技なのでしょうか⁉」

「むむむ〜！　ティト、反撃よ！」

「ふぁっ⁉　は、はいっ⁉　えと、【旋風爪】！」

ティトが腕をクロスさせて振り抜くと、凄まじい竜巻が発生し、枕を舞い上げた。

「部屋に竜巻が――――⁉」

ごうごうと渦巻く突風に、レクシアたちがベッドにしがみつく。

枕がびゅんびゅんと唸りながらルナを襲おうとした時、ルナの姿が掻き消えた。

「なっ――⁉」

「こっちだ！　『螺旋』！」

「わっ⁉」

ルナがドリル状になった糸を繰り出し、枕がぎゅるる！　と回旋しながら撃ち出される。

ティトが身を伏せ、その頭上を掠めた枕が、壁に当たってぱあんっ！　と破裂した。

「あーっ！　枕がーっ！　ちょっとルナ、やりすぎよ！」

「どういう威力なんですの⁉」

「ふ、ふふ、さすがですね、ルナさん！　でも負けませんよ――『爪聖』の弟子の名に懸けてっ！」

「それは枕投げで懸けていい称号ですの⁉」

「とーうっ！」

ルナの技を受けて、ティトの闘志に火が点いたらしい。

テイトは天蓋まで躍り上がると、枕を振り上げて力を溜めた。枕が眩く輝く。

「枕が光りましたわ――――――!?」

「どういう理屈なのよ!?」

「これで、終わりですっ！　――【雷轟爪】！」

テイトがルナ目がけて枕を投げ下ろそうとした直前。

「掛かったな！『乱舞』！」

いつの間にか滞空していた無数の枕が、一斉にテイト目がけて殺到した。

「ひゃわぁっ!?」

テイトがたまらずベッドに落ち、ベッドがぼふんと弾む。

「ううっ、やりますね、ルナさん！」

「そっちこそな、テイト！」

超常の技と共に豪速の枕が飛び交い、布団が破れて羽根が舞う。

「こ、これって、枕投げという次元ではないのでは!?　わたくしたちは何を見ているんですの!?」

「ライラ様、私たちも負けていられないわ！　参戦するわよ！　えーいっ！」

「いえ、無理ですが!?」

レクシアも果敢に参戦し、ベッド上は枕の乱舞する大乱闘になった。

「み、みなさまっ、もうそれくらいにっ……！」

ライラが止めに入ろうとした時、レクシアの投げた枕がぼふりとライラの顔に当たった。

「あ」

「…………」

気まずい空気の中、ライラは手元に落ちた枕をゆっくりと拾う。

「はあ……まったく、みなさまったら。夜更かしはお肌の大敵ですわ……よっ！」

「んうーっ！」

ライラの投げた枕をまともに受けて、レクシアがベッドに転がる。

喉を鳴らして笑うライラに、レクシアは嬉しそうに枕を構えた。

「やったわねー⁉」

「ふっ、見事です、ライラ様！」

「私たちも負けていられませんね！」

明るい笑い声と共に、クッションや枕、布団が宙を舞う。

こうして少女たちの初めての夜は更けていくのであった。

第三章　護衛任務

翌朝。

「メイド服って初めて着たわ！　とっても動きやすいのね！」

メイド服に身を包んだレクシアが、鏡の前でくるりと回る。

「レクシアさん、とても可愛(かわい)いです！」

「ふふ、ありがとう。二人もすごく似合ってるわよ。完璧なメイドだわ！　さっすが、私のルナとティトね！」

「メイドではなくて、お前の護衛のはずなんだがな」

ルナが冷静にツッコみ、ティトは嬉(うれ)しそうに頬を染める。

三人はライラの身辺警護のため、メイドに扮(ふん)していた。

お揃いのレースのカチューシャに、フリルの付いたエプロン。ふんわり広がるスカートと膝上まである白いソックスが、少女たちの清楚(せいそ)で可憐(かれん)な雰囲気を引き立てている。

「ふふ、ユウヤ様が見たらなんて言うかしら？　『惚(ほ)れ直したよ、レクシアさん！　すぐにでも結婚しよう！』なーんて――きゃあっ、どうしよう！」

「遊びじゃないんだぞ、レクシア。怪しまれないようメイドらしく振る舞え」

「分かってるわよ。とりあえず、メイドといえばお給仕(きゅうじ)よねっ」

ライラに割り当てられた区画には、独立したキッチンや洗い場なども備えてあった。

レクシアは何やら鼻歌交じりにキッチンへ入っていく。

ルナもやれやれと準備を始めようとした時、ティトが控えめに手を挙げた。

「あの、今更なのですが……暗殺されかけたことを理由に、婚約を破棄するわけにはいかないんでしょうか？　あるいは、サハル王国やレガル国の国王様に相談するとか……」

「それは難しいだろうな」

ルナは隣室にいるライラに聞こえないよう、声を潜めた。

「暗殺の件が公になれば、間違いなく大事になる。国交断絶程度では済まないだろう、下手をすれば戦争だ。そしてその犠牲になるのは国民だ。ライラ様は、愛する民を無益な争いに巻き込むことを望みはすまい。かといって理由を明かさず一方的に婚約を破棄しても、両国の関係に亀裂が入るのは必然。争いは免(まぬが)れないだろう」

ティトが「そうですか……」と耳を垂らす。

「そうね。だから今の私たちにできるのは、暗殺者の魔手からライラ様を護(まも)り、黒幕を暴いて成敗することよ。そのためにも、完璧なメイドを演じる必要があるの」

振り返ると、いつの間にかティーセットを揃えたレクシアが立っていた。

「というわけで、ライラ様、紅茶を淹れたわよ！　モーニングティーにしましょ――」

レクシアが意気揚々とライラの元へ向かおうとした時、ティトがはっと叫んだ。

「ま、待ってください、レクシアさん！　その紅茶、毒のにおいがします！」

「ええっ⁉」

レクシアは驚愕しながら立ち竦んだ。

「毒なんて、そんなはずないわよ！　だって、キッチンに備え付けの道具と茶葉を使ってお茶を淹れたのよっ？　……いえ、待って。じゃあ誰かが私たちの隙を突いて、お茶に毒を入れたってこと⁉　でもそんなことって――」

「では、私が毒味をしよう」

涼しげに進み出たルナに、レクシアが驚く。

「ルナ⁉　ダメよ、そんなこと！」

「心配するな。幼い頃から闇の世界で生きてきたからな、毒には少し耐性がある」

「で、でも……！」

レクシアとティトが息を詰めて見守る中、ルナはカップを持ち上げた。

紅茶に、ほんのわずかに舌先を触れさせ――

「うっ！」

「ルナ⁉　やだ、ルナ！」

「ルナさん、しっかりしてください！」

よろめくルナをティトが支え、レクシアが涙目になって縋り付く。

ルナは蒼白なレクシアを制して、苦しげに呻いた。

「っ、確かに毒は入っている……だが、いま失神しかけたのは毒のせいではなく……この紅茶が不味すぎるからだ」

「えっ？　それが毒なんじゃないの？」

「いや、毒は通常、口にしても気付かれないよう無味無臭になっている。……つまり、不味いのはひとえにお前の責任だ」

「うそでしょ⁉」

「どういう淹れ方をしたらこんな味になるんだ」

「愛を込めて丁寧に淹れたわよ⁉　私の特製オリジナルブレンドなんだから！」

「なるほど、それが原因か」

「なんでー⁉」

そういえば、ポットがぼこぼこと不穏な音を立て、あまつさえ紫の煙が上がっている。

「……毒が入っているにしても変わったお茶だと思ったが……地獄のレクシアクッキングの産物だったか……」

「人を劇物製造機みたいに言わないでよ!?　ちゃんとお城の料理人に教わって練習してるんですからね！　私の優秀さに、みんな震えて声も出ないんだから！」

「お前のその前向きさはどこからくるんだ」

レクシアが張り切っている時点で止めるべきだったと、ルナは我が身を悔いた。

「と、とにかく、ライラ様のお口に入らなくて良かったです……！」

「ああ。よく気付いたな、ティト」

念のため茶葉も調べたが、毒が混入された形跡はない。ルナは状況からして、カップに毒が塗られていたのだろうと結論づけた。

「どこに刺客が潜んでいるか油断できないな。食事は全て私たちで作ろう。身の回りの世話も、全て私たちで対応する」

「はいっ！」

「分かったわ！」

「レクシアは座っていてくれ」

「なんで⁉」

「さて、まずは朝食だな」

それを聞いて、ティトが真剣な顔で庭へ飛び出そうとする。

「朝食ですね、分かりました！　お庭の池にお魚がいたので、獲ってきますね！」

「待て、ティト。あの魚は獲ってはだめだ。その前に、メイドは魚を獲らない」

「⁉　で、では、川でお洗濯をしてきます！」

「あれは水路だ。こっちに洗い場があるから、そこで洗おう。……というか、一回落ち着こう」

全力で突拍子もない方向に振り切れようとするティトを引き留めて、座らせる。

思わぬ障壁を前に、ルナは腕を組んだ。

「そうか、私は闇ギルドに所属していたから上流階級の風習にも精通しているし、レクシアは言わずもがなだが、ティトはこういう貴族的な暮らしに慣れていないのか」

「ご、ごめんなさい……」

ティトはしっぽを垂らしてしょんぼりしている。

そんなティトを、レクシアが弾けるような笑顔で励ました。

「落ち込むことないわ、ティト！　これから少しずつ覚えていけばいいんだから。私だってお掃除なんてしたことないけど、やってみたら案外できるもの。こんな風にねっ」

レクシアがご機嫌で床にモップを掛けようとし――勢いよく振り回された柄が、見るからに高価そうな花瓶を弾き飛ばした。

「あ――――っ！」

「お前――――――っ！」

「あわわわわ……っ！」

レクシアとルナの悲鳴が仲良くユニゾンする。

花瓶が壁に激突する寸前、ティトが花瓶の前に滑り込んで受け止めた。

「よ、良かった、割れませんでした！」

「すごいわ、ティト！　さすがね！」

ティトはレクシアに褒められてはにかみ――しかしその瞬間、手に力が入りすぎたのか、花瓶が無惨な音を立てて割れた。

「あ……」

「あら、平気？　怪我はない？」

「は、はい……でも、花瓶が……」

散らばった破片を見て青ざめているティトに、レクシアが笑いかける。

「怪我がないなら良かったわ。花瓶は、後で同等かそれ以上の物をお父様に送っていただくから大丈夫よ。ティトが気にすることはないわ。元はと言えば私が悪いんだから」

「全くもってその通りだ」

破片を片付けて、床を拭く。

ティトがうなだれて肩を落とした。

「本当にごめんなさい。私、昔から力の加減が下手で……」

「……ティトが力を制御できないのは、何か理由があるの？」

レクシアがそう尋ねたのは、初めて会った時のことを思い出したからだった。子どもを守ろうとして暴走してしまったティトからは、魔物に対する怒りや殺意よりも、焦り(あせ)や怯え(おび)を強く感じた気がしたのだ。

ティトは少しの間俯(うつむ)いていたが、やがて小さく掠(かす)れた声を零(こぼ)した。

「……昔、私に優しくしてくれた、人間のお友だちがいたんです。私が生まれた北の国では、獣人は迫害されていたんですが、その子は私を怖がることなく、仲良くしてくれました。でもある日、魔物に襲われたその子を助けようとした時に、その子を傷付けてしまって……それ以来、自分の力が怖くて……制御しなくちゃと焦れば焦るほど、暴走するようになってしまって……」

「そう、そんなことがあったのね……」

目を伏せるティトを見て、レクシアが小さく呟く。

ルナは昨日の王都観光のことを思い出した。人混みを歩きはじめて最初の内、ティトはひどく緊張しているように見えた。

「（そうか、あれは自分を迫害した人間を恐れているのかと思ったが……それ以上に、かつて人間を傷付けてしまった自分自身に怯えていたのか）」

ティトの爪に目を落として、ルナは胸が痛んだ。

「（獣人の中には、生まれつき強靱な爪や牙を宿し、並外れた膂力を持つ者もいる。意図せず人間を——それも大切な友人を傷付けてしまったことで、自分の力に恐怖を抱くようになったのだろう）」

そしてそんな自分への怯えと不信が力を不安定にさせ、暴走するようになったのだ。

「（……だからグロリア様は、人間である私たちにティトを預けたのかもしれないな……）」

ルナがグロリアの心中に想いを馳せていると、レクシアがティトへと手を伸ばした。

ティトがびくりと引っ込めようとした手を、優しく握る。

「私も幼い頃、魔力が暴走して、大切な人を傷つけてしまったことがあるわ。それから自分でも気が付かない内に、自分の力から目を背けていた」

柔らかな光を浮かべた翡翠色の瞳が、ティトを覗き込む。

「でも、たくさんの人に支えられて、前を向けるようになったの。だから、ティトも大丈夫。ティトの強さは、人を守る力よ。きっと制御できるようになるわ」

「レクシアさん……」

ティトは金色の瞳を潤ませて、頭を下げた。

「ありがとうございます……私、がんばります！」

二人の様子を見ながら、ルナは小さく笑った。──レクシアはかつて、暗殺者である自分の手も、ためらうことなく握ってくれた。凍り付いた心に染み込むようなあの手の温かさを、今でも覚えている。

ルナもティトの背に手を添えた。

「できないことは誰にでもある。今から少しずつ覚えていけばいい。幸い私は、家事は得意だからな。私でよければ教えよう」

「えっ？　ルナ、そんなに家事が得意だったっけ？」

驚くレクシアに構わず、ルナはティトに「これもいい社会勉強になるだろうしな」と笑いかける。

「はいっ、よろしくお願いしますっ！」

「私も力になるわ！」

「レクシアはそこから一歩も動くな」

「なんでよー⁉」

＊＊＊

ルナは腕をまくりつつキッチンに立った。

説明しながら、食材を丁寧に洗う。

「では、まずは朝食からだな。最初にこうして食材を洗って――」

「ふむふむ」

「そして、こうだ。『乱舞（らんぶ）』！」

食材を宙に放ると、愛用の糸でしゅぱぱぱっ！　と切り刻んだ。

「ええええええ⁉　そそそそんなすごい技術をお料理に⁉」

「使えるものは何でも使うぞ」

糸が華麗に舞い、美しいみじん切りが完成する。

それを見ながら、レクシアが首を傾（かし）げた。

「変ね。ルナがお料理ができるのは知ってるけど……こんなに上手だった?」

「ふっ、お前は知らないだろうが、陰で努力を重ねていたのだ……とある目標のためにな」

「とある目標⁉　それって何よ⁉　教えなさいよー！」

「それはもちろんあいつのため――いや、なんでもない」

「ちょっと⁉　あいつってもしかして……⁉　どういうことなの、ルナ⁉」

ルナはそ知らぬ顔でスルーすると、ティトに場所を譲った。

「ティト、やってみろ」

「は、はいっ！　えっと……【奏爪】！」

ティトはルナの真似をして、食材を放り上げると、爪で切りつける。

しかし慣れないせいか、粗くて大きさも不揃いなみじん切りになってしまった。

「うう、ルナさんのと全然違う……難しいです……」

「少し力が入りすぎてるな。肩の力を抜いて、もう一回やってみろ」

「はいっ！　――【奏爪】！」

ティトは深呼吸すると力を抜き、先程よりも滑らかに爪を振るった。

今度はやや不揃いなものの、ちゃんとしたみじん切りが完成する。

「わあっ！　で、できました！」

「うん、うまいぞ。ティトは呑み込みが早いな」

「……料理に技を使うのって当たり前なの？」

　さも当然のような二人を見ながら、レクシアは呟いたのだった。

「さあ、もう少しで完成だな」

　そして手早く調理していくと、あっという間に朝食ができあがった。

「すごい、おいしそう……」

「むむむ、やるわね」

「ふふ。だが、まだ終わりじゃないぞ。最後に大切な調味料がある」

「「？　それは？」」

　首を傾げるレクシアとティトに、ルナは口の端を吊り上げる。

「愛情だ」

「愛情って、いつからそんなこと言うようになったの、ルナ⁉　ねえ⁉」

　ルナは調味料を振りかけて朝食を完成させると、満足げに息を吐いた。

「よし、ライラ様の所に運んでくれ」

「は、はいっ！」

ティトが緊張しつつ、料理を載せた皿を運ぶ。

料理を一口食べたライラは、「今日の味付けは絶妙ですわね。これを作ったのは一流料理人ですの？」と絶賛したのだった。

＊＊＊

朝食を終えると、次に掃除講座が始まった。

ルナは掃除道具を手にして、部屋の真ん中に立つ。

「掃除は迅速かつ丁寧に。常に繊細な力加減と、咄嗟の判断力が問われる。――『乱舞』！」

ルナが糸を操ると、ハタキや箒が縦横無尽に跳び回り、あっという間に部屋中の埃を払った。

「わぁ、すごい！　一瞬で天井まできれいに！」

「まあ、これくらいは朝飯前だな」

「あの技って掃除でも使うのね!?　しかも完璧だし！　いつのまにこんなに家事が上手くなったのよ？」

「ふふ、実は密かに嫁入り修業を……いや、なんでもない」

「ルナ!?　いま聞き捨てならない言葉が聞こえた気がするんだけど!?　ねえ!?」

「あいつは放っておいて。ティト、できそうか？」

「はい、やってみます！　――【爪閃】！」

ティトは雑巾を手に精神を集中させると、閃光と化して部屋を駆け抜けた。

「ど、どうでしょうかっ!?」

「筋はいいが、ところどころ磨き残しがあるな」

「あっ、本当だ！　うう、もう一回……！」

意気込むティトに、ルナが笑いながらアドバイスする。

「真剣になるあまり、周囲が見えづらくなっているようだな。もっと視野を広げて、全体をとらえるんだ」

「……はいっ！　視野を広く――【爪閃】！」

ティトは気合いを入れ直すと、床を蹴った。

視界に次の標的をとらえながら隅々まで拭き上げ、ふわりと着地する。

綺麗に磨き上げられた部屋を見回して、目を輝かせる。

「す、すごい！　さっきと全然違いますっ！」

「よし、いいぞ。では、次はワックスがけだ。素早く均一に仕上げるのがコツだぞ。こんな風にな――『避役(ひえき)』！」

「分かりました！　【烈爪(れっそう)】！」

しゅぱぱぱぱ！　キュキュキュキュ！　ひゅんひゅんひゅん！　ぴか――――――！

「……こういう技って、日常的に使っていいものなの？」

一瞬でぴかぴかになった部屋を見渡して、レクシアが呟く。

その後も二人は様々な技を繰り出し、ライラの居住区は埃ひとつなく磨き上げられた。

「ふう、こんなものか」

「わあ……ルナさんは何でもできてすごいですっ！　他にもアドバイスがあったら教えてくださいっ！」

「あとは、そうだな……スカートの裾に気をつけることだ」

「ふあぁ!?」

いつもの服ならしっぽ用の穴があるのだが、メイド服にはなく、そのうえ裾が短い。

興奮のあまりしっぽをぴんと立てていたティトは、真っ赤になってめくれかけていた裾を押さえた。

そんなティトを見て、ルナは喉を鳴らして笑う。

「ティトは物覚えがいいし、何より一生懸命だ。これをもって、免許皆伝だ」

「ありがとうございますっ！」

「掃除に免許ってあるの？」

達成感に包まれた二人に、レクシアのぼやきは届かないのだった。

掃除を終えて一息吐き、ルナはティトに切り出した。

「ところでティト、良ければ手合わせをしてくれないか？」

「え？　手合わせ、ですか？」

「ああ。実は最近、家事の修業に時間を多く割いていて、戦闘の修行があまりできていなくてな」

「ルナは私の護衛でしょ、何してるの⁉」

「はぁ。いいか、レクシア。私だって、護衛である前に嫁入り前の娘だ。家事は上手くなっておくに越したことはないだろう……将来のためにもな」

「何それ意味深なんだけど⁉　将来のためってどういうことよ⁉」

きゃんきゃん吼えるレクシアに構わず、ルナはティトに向き直った。

「ティトの強さは本物だ、私にとってもいい稽古になると思ってな」

ルナの申し出に、ティトは目を輝かせて頭を下げた。

「こちらこそ、よろしくお願いします！」

＊＊＊

「さあ、準備はいいか？」

「はい、いつでも大丈夫ですっ！」

「……とはいえ、『爪聖』様の弟子に本気を出されたら、さすがに分が悪いからな」

必要以上に力んでいる様子のティトを見て、ルナが天井を指さした。

「ちなみにあのシャンデリアだが……見たところ、四人家族が三年間、何不自由なく暮らしていけるだけの価値がある」

「ひえっ⁉」

「あの絵画や家具、調度品、絨毯、どれも繊細で高価なものだからな。全力で臨むのはいいが、室内の物を傷付けないように気を付けることだ」

口の端を吊り上げるルナに、ティトがごくりと喉を鳴らした。

「ううっ、が、がんばります……っ！」

「ふふ。これで対等だな」

二人は跳躍すると、空中でぶつかり合った。

糸と爪とが交錯し、激しく火花を散らす。

「そこですっ！　やぁっ！」

「まだまだ！　はああっ！」

「うーん、何が起こってるのか、全然分からないわ。今更だけど、あの二人の強さって半端じゃないのね」

常人の目では捉えられない超速の戦いを見上げて、レクシアが唸る。

二人は梁の上に着地すると、睨み合った。

「うう……力を抑えて戦うのが、こんなに難しいなんて……」

単純な膂力では『爪聖』の弟子であるティトが勝るが、砂漠で魔物を相手にしてきたティトにとって、室内での対人戦闘は初めてだった。しかも、物を壊さないように力を抑えているため、枷を嵌められている状態だった。

対してルナは狭所での戦闘に慣れており、さらに機動力を活かし、手数の多さでティトを上回っていた。

その軽やかな戦いぶりに、ティトは思わず身を乗り出した。

「あの、ルナさんは戦う時、どんなことを意識してるんですか？」

「そうだな……私は、特に狭いところで戦う時は、力の緩急を意識しているぞ」

「力の緩急、ですか？」

「ああ。相手をよく観察して、ここぞという一瞬に全力を込めるんだ。そしてそれ以外の場面では、余分な力を逃がす。力の使いどころを見極めるんだ。そうすれば、狭い場所でも戦えるようになる」

「ここぞという一瞬……」

考え込んでいるティトを見て、ルナは口の端を吊り上げた。

「さあ、再開だ！」

「！　はいっ！」

ルナが部屋中に糸を張り巡らせ、それを足場にして飛び回る。

ティトはそれを追いながら歯を食い縛った。

「まだ……まだ、抑えて……！」

ルナを捉えようと加速すればするほど、身体（からだ）が熱を帯び、溢（あふ）れる力が内側から理性を食い破ろうとする。それを抑え込みながら、その瞬間を待つ。

部屋を縦横無尽に駆け抜けながら、ルナが手をかざした。

「『監獄（かんごく）』！」

「っ！　【旋風爪（せんぷうそう）】……！」

ティトの周囲に糸が張り巡らされ、一気に収縮する。

ティトは爪で風を巻き起こして、糸に囚われる寸前でなんとか回避した。

「くっ……！」

風の余波を受けてルナがわずかに動きを止めた一瞬、ティトはぐっと膝に力を溜めた。

思いっきり床を蹴って、頭上のルナ目がけて一直線に跳躍する。

「やぁっ！」

「さすがだな！　少しばかり本気を出すぞ――『螺旋』！」

ルナが鋭く腕を一閃した。

束になった糸が、激しく回旋しながらティトの眼前に迫る。

「っ、く……！」

速さと威力の乗ったその一撃を前に、しかしティトは避けるどころかさらに加速した。

「（力の緩急……全力を出す一瞬を、見極める……！）」

唸る糸の先端を睨みながら、ルナの言葉を思い出す。

「ここだけ、この一瞬だけ――全力で、叩くっ！」

ティトは、爪が糸の先端に触れる瞬間に合わせて、力を爆発させた。

次の瞬間、ドリル状に縒り固まっていた糸が解け、ばらばらと宙に散る。

ティトは空中で身をひねって勢いを殺すと、ふわりと着地した。

「わ……今、私……」

思わず目を丸くする。今までのティトなら、力を制御しきれず暴走していた。

しかしルナの指導によって、力を制御することができたのだ。

「うまくいったみたいだな」

「あ……」

感動するティトに、ルナが笑いかける。

「さて、まだやれそうか？」

「はいっ！　お願いします！」

縦横無尽に飛び回る二人を見上げながらレクシアは唸った。

「むむむ……！　私もここでは護衛だもんね、がんばらなきゃ！」

何かないかと彷徨った視線が、壁際に飾られている槍の上で止まる。

「あら、これかっこいいわね。ユウヤ様も槍を使ってたし、私も使えるようになったら、褒めてくれるかも！」

レクシアは骨董品の槍を両手で持ち上げると、重さにふらふらしつつも振り回した。

「えいっ！　やあーっ！」

＊＊＊

その頃。

宰相ナジュムが足音荒く、ライラの居住区へと向かっていた。

昨夜、ライラやそのメイドたちに反論されたことを思い出して、苛々と奥歯を鳴らす。

「くそっ、小癪な小娘どもめ、この私をコケにしやがって……何が魔法大国の第一王女だ。いくら淑女を気取ろうが、中身は教養のないわがまま女に決まっている。部屋ではどうせ自堕落に過ごしているんだろう。化けの皮を剝がして、恥をかかせてやる……！」

ライラの居室前に着くと、ナジュムは怒りに任せて、ノックもせずに扉を開いた。

「入りますぞ、ライラ様——！」

「えいっ！　やあーっ！」

元気な鬨の声と共に、ナジュムの顎髭を槍の穂先が掠めた。

「んなあああああっ⁉」

「あら、ごめんなさい」

のけぞるナジュムに、レクシアが涼しい顔で謝る。

「な、なななっ……何をしているんだ、貴様ぁっ⁉」

「ライラ様の警護よ。部屋に入ってくる侵入者から主人の身を守るのは、お付きとして当然でしょ？」

「っ、それはっ、だ、だからといって……！」

当然のように言い放つレクシアに、ナジュムは烈火の如く鋭い目を吊り上げ——部屋中を飛び回るルナとティトを見て悲鳴を上げた。

「な、なんだ⁉　メイドが飛び交っているぞっ⁉　どういうことなんだこれはああ⁉」

「それで、ライラ様に何か用なの？」

冷静に促されて、ナジュムははっと我に返ると、真っ赤になって咳払いした。

「あ、明日の夜会の招待客リストだ、貴様らの主に渡しておけっ！　国賓も多く参列するからな、くれぐれも失礼のないようにと伝えろ！」

レクシアに書類を押しつけると、逃げるように出て行く。扉の向こうから、憤怒に満ちた声が聞こえてきた。

「本当になんなんだ、あのメイドたちはッ⁉」

レクシアが渡された書類に目を通していると、ルナとティトが降り立った。

「ナジュム宰相、何のご用だったんですか？」

「明日の夜、ライラ様のお披露目のためのパーティーがあるみたい。その書類よ」

「なるほどな。それで、お前は何をしていたんだ？」

ルナがレクシアの槍に怪訝そうな目を向ける。

「特訓よ！　ルナとティトが頑張ってるのに、私だけ見ているなんて嫌だもの」

「だからといって、槍は無理があるだろう」

「……やっぱりそう？」

胸を張っていたレクシアは一転して肩を落とした。

「私も何か、戦える術が欲しいわ。せめて攻撃魔法が使えればと思って練習したこともあるけど、全然だめだったし……」

レクシアは、ハイエルフの母親から膨大な魔力を受け継いではいたが、とある事件があって以来、魔法から遠ざかっていた。

通常、魔法を習得するためには長年の修行が必要になる。そのため、いくら魔力量があろうと、一朝一夕で使えるようにはならないのだった。

珍しく落ち込んでいるレクシアを見て、ルナがやれやれと首を振った。

「そんなことで悩むな。お前にはお前にしか果たせない役割があるだろう」

「そうですよ！　戦いは私たちに任せて、レクシアさんはいつものレクシアさんでいてください！」

「そ、そうね！　できないことを嘆いていたって仕方ないものね！　前を向かなきゃ！」

いつもの笑顔を取り戻したレクシアを見て、ルナとティトが笑う。

「ふう、それにしても、いい汗をかいたな。風呂に入るか」

「いいわね！　じゃあ、ライラ様にも声を掛けてくるわね！」

＊＊＊

数分後、三人は湯殿に立っていた。

大理石の湯船には澄んだお湯がたっぷりと湛(たた)えられ、薔薇(ばら)の花びらが浮かんでいる。

「す、すごい！　これがお風呂……！」

「さすがは王宮、立派な風呂だな。そういえば、ライラ様はどうした？」

「すぐに行くから、先に入っててくださいって言ってたわ。なんでも『美容のためには、お風呂前のケアも大切なんですのよ』ですって」

ライラを待ちつつ、三人で湯船に浸(つ)かる。

「ふああ……！　温かくて気持ちがいいです！　水浴びとは全然違うんですね！」

今にも蕩けそうなティトに、ルナはうんうんと頷いた。

「分かるぞ。だが、ユウヤのお風呂はさらに格別なんだ」

「そうそう！　お肌もすべすべになって、傷も治るし、疲れも取れるのよね。それだけじゃなくて、魔力も活性化するのよ」

レクシアたちの言うお風呂とは、優夜が【クリスタル・ディアー】を倒した時にドロップしたアイテムで、持ち運びできる携帯風呂のことだった。檜、石、ジャグジーなど、豊富な種類を楽しむことができ、様々な効能もある優れものだ。

「そ、そんなすごいお風呂が……⁉　ユウヤさんって何者……⁉」

おののくティトの横で、レクシアは半眼でルナを見た。

「っていうか、ユウヤ様といえば。ルナ、さっきのはどういうこと？」

「さっきのとは？」

「嫁入り修業がどうのって言ってたじゃない」

するとルナは、勝ち誇ったように胸を張った。

「ふふ。実は、ユウヤのために、密かに家事の修業を重ねていたんだ」

「やっぱり！」

「いずれ一緒になった時に、疲れたユウヤを癒やしてやりたいと思ってな」

「おかしいと思ったら、そういうことだったのね⁉　ずるいわ！　私だってユウヤ様においしい手料理を食べさせてあげたい！」

「まあ、人には向き不向きがあるからな。こういうことは私に任せて、レクシアは大人しくしていることだ……ユウヤのためにもな」

「なんですって⁉　それってどういう意味よーっ⁉」

「……お二人は、その、ユウヤさん？　のことが好きなんですか？」

賑やかに言い合うレクシアとルナを見比べて、ティトが首を傾げる。

直球の問いに、ルナは頬を染めながら視線を泳がせた。

「あ、いや、その……好きとか、そういう感情は自分でもまだよく分からないんだが……ユウヤのことを考えると、胸が温かくなるというか、ずっと一緒にいたいというか……」

「もうっ、相変わらず素直じゃないわね！　あのねティト、ルナは私の護衛であり、恋のライバルでもあるのよ」

「レクシアっ！」

「恋のライバル、ですか……！」

「ね、ルナ？」

「う……」

堂々と宣言するレクシアの隣で、ルナは恥ずかしそうに呻いていたが、やがて観念したように息を吐いた。

「……そうだな。昔の私なら、今みたいに街を観光したり、風呂をゆっくり楽しんだり、誰かのために料理を練習したり……そんなことは、思いもしなかった。けれど【大魔境】でユウヤと共に修行をする内に、いつの間にか自分の心が惹かれているのが分かった……底のない闇から、ユウヤが私を引っ張り出してくれた。ユウヤは私にとって、光のような存在なんだ」

青く澄んだ瞳には愛おしげな光が宿り、その頰は淡く染まっている。

レクシアはそんなルナを満足そうに見つめて、胸を張った。

「ってわけで、私とルナはライバルなの！　まあ、私が先に結婚するんだけどね！」

「む。私の方が一歩リードしているがな」

「あ、あれはオーウェンが馬車を止めてくれないから……！」

ルナはかつて、ユウヤの頰にキスをしたことがあった。それを見ていたレクシアは当然、自分もキスをすると大騒ぎしたのだが、護衛のオーウェンが問答無用で馬車を出してしまったため、遅れを取っている状態だった。

「(レクシアさんとルナさんをこんなに夢中にさせるユウヤさんって、どんな人なんだろう？　きっとすごく素敵な人なんだろうなぁ）」

ティトがまだ見ぬ優夜に想(おも)いを馳(は)せていると、ライラの声がした。

「ふふ、賑やかですわね」

「ライラ様！」

髪を結い上げたライラは、湯船に浸かって息を吐く。

「はあ、やはりお風呂は良いですわね。癒やされます」

「広いし豪華だし、サハル王国の王宮もなかなかやるわね！」

「ええ。……ですが、こんなに悠々とお風呂に入って大丈夫でしょうか？　今襲撃されたら、ひとたまりもないのでは……」

ライラが少し不安そうに天井を見上げる。

しかしレクシアは自信たっぷりに肩をそびやかした。

「それなら心配ないわ！　ね、ルナ？」

「ああ。暗殺者対策ならぬかりない」

ルナがそう応えた時、男の悲鳴が遠く響いた。

「な、何ですの⁉」

「さっそく、張り巡らせた糸(トラップ)に刺客が引っ掛かったようですね」

「トラップ⁉　いつの間にそのようなものを⁉」

ルナは涼しい顔で、湯船に浮かぶ花びらを掬った。

「刺客については、心配しなくとも大丈夫です。奴らの手口は知り尽くしています。手練れの暗殺者だと捕縛は不可能かもしれませんが、侵入を防ぐだけなら十分でしょう。……それに、もし侵入者がいれば、ティトがすぐに音で気付くだろうからな」

「はいっ、お任せください！」

「……レクシア様、あなたの護衛は何者なんですの……？」

恐々と尋ねるライラに、レクシアは胸を反らせる。

「私の自慢の、ルナとティトよ！」

「答えになっていないだろう……」

ライラは呆気に取られていたが、やがて緊張が解れたように微笑みを零した。

「ふふ。不思議です。異国で命を狙われて不安なはずなのに、とても心強い。レクシア様は、素晴らしい仲間をお持ちですのね」

「でしょう？」

ルナは満更でもなさそうに肩をすくめ、ティトは嬉しそうに笑った。

＊＊＊

十分に温まった四人は湯船から出て、身体（からだ）を洗う。

レクシアはふと、ティトのしっぽに手を伸ばした。

「そういえば、ティトのしっぽって、どうなってるの？」

「ひゃわぁ⁉」

しっぽの付け根を触られて、ティトが飛び上がる。

「あっ、す、すみません、くすぐったくて……」

ティトが真っ赤になって謝る。

と、レクシアは何を思ったのか、今度はその胸をふにゅりと摑（つか）んだ。

「うみゃあ⁉　れ、レクシアさんーっ⁉」

「何をしてるんだ、お前」

「うーん。ティトの胸って、本当にぷにぷにでもちもちでふわっふわね。ずっと触っていたくなっちゃう」

「ふぁあ、は、は、はずかしいです～……っ」

レクシアはふよふよと弾む柔肌の感触を味わいながら、ライラの胸に目を向けた。

「ライラ様も大きいし……」

「そうでしょうか？」

ライラは首を傾げるが、その胸はタオルの上からでも分かるほど豊かだった。

レクシアは息を吐きながら、自分の胸を見下ろす。

「はぁ、羨ましいわ。どうしたら大きくなるのかしら？」

「そんな、気にせずとも十分ではございませんか」

「そ、そうですよ！　それに、胸の大きさにこだわらなくても、レクシアさんは魅力的ですっ」

「でも、男の人って大きい方が好きなんでしょ？　ユウヤさまもそうなのかしら？」

「分かりませんわよ。スレンダーな女性が好みの殿方だっていらっしゃいます」

「というか、ユウヤは胸の大きさなどあまり見ていないと思うぞ」

「………」

レクシアは答えず、今度はルナの胸にじっと視線を注いだ。

「……なんだ。何を見ている。……いいんだ。あまりあっても戦闘の邪魔になるからな。私はこれくらいが気に入っている――」

ルナが言い終わるより早く、レクシアはルナの胸をそっと包み込んだ。

「んうっ⁉　な、何を……⁉」

「ルナの胸って、形がすごくきれいなのよね」

「や、やめないか！　手を動かすな！」

「うーん、やっぱりきれいだわ。どうして？　鍛えてるから？　私も鍛えた方がいいのかしら？　……っていうか、相変わらず肌がすべすべね⁉」

「こ、こらっ、レクシア！　放せ……！」

「あっ、逃げちゃダメ！　王女命令よ！」

「理不尽すぎないか⁉　うう……！」

身を捩って逃げようとするルナを、レクシアは抱き寄せるようにして肌の滑らかさを楽しむ。泡に包まれた素肌がふにゅふにゅと重なり合う光景に、ティトが「はわわわ……！」と顔を真っ赤にして目を覆った。

「もう、レクシア様。ティト様が困ってますわよ。風邪を引く前に上がりましょう」

「そうね！　今夜も枕投げの特訓をしなきゃならないし！」

「もしかして毎晩やるつもりなのか……？」

ライラに促されて泡を流し、浴室を出てタオルで拭く。

レクシアは、ティトがしっぽをぎゅうぎゅうと絞っているのを見て、とっさにそのしっぽを摑まえた。

「ひょわ⁉」

「だめよティト、そんなに乱暴にしたら、可愛いしっぽがごわごわになっちゃうわ！」

「あ、で、でも、いつもこうしていて……」

「なるほど、砂漠ならすぐ乾きそうだしな。だが、せっかくのきれいな毛並みが損なわれたらもったいないと思うぞ」

「そうよ！　こうして、タオルで優しく水気を拭いた方がいいんじゃない？」

「髪のケアと同じように、市場で買った香油で保湿いたしましょう。わたくし、美容には一家言ございますのよ？」

「あ、ありがとうございます、でもそんなにしてくださらなくても……」

「だめ！　ティトは女の子なんだから、この先、こういう知識も大切よ」

「そ、そうなんですね！　勉強になります……！」

乾いてふわふわになったしっぽに、レクシアが優しくブラシを掛ける。

「それにしてもティトの毛並みって、本当に真っ白なのね。雪みたい」

「そもそも白猫の獣人自体、あまりいないのではないか？」

「はい、師匠もすごく珍しいって言っていました」

総出で手入れをしてもらったティトの毛並みは、眩いばかりに輝いていた。

「まあ、ふわふわですわね。雲のような触り心地です」

「なんというか、神々しさが増したな」

「耳もふもふだわ！」

「えへへ、ありがとうございます。こんなにふわふわになったの、初めてです」

優しく撫でられて、ティトがしっぽを抱きながら気持ちよさそうに目を細める。

こうして少女たちの夜は更けていくのであった。

＊＊＊

そして、次の日。

朝食を終えた頃、ライラの元に再びザズ王子が訪ねて来た。

「おはよう、ライラ。だいぶ顔色が良くなったようだね？」

「ええ、おかげさまで」

表面上は和やかなやりとりをする二人を、レクシアたちは物陰から見守る。

そうと知らないザズは、ぎらぎらと血走った目でライラを覗き込んだ。

「ああ、素晴らしい血色だ……これならさぞかし良質な媒体に――」

「え？」

「ああ、いや失礼。……ふ、ふふふ、もうすぐだ、もうすぐ完成するぞ。そしたらついに……ああ、楽しみだなァ」

ザズは見開いた目で虚空を見つめながら、ぶつぶつと自分の世界に入ってしまった。

ライラは異様な空気を変えようと、にこやかに話しかける。

「ところで今夜、国中の貴族が集まるパーティーがあるそうですわね。ザズ様は――」

「パーティーだと!? 誰が参加するか！ ボクは騒がしいところは苦手なんだよッ！」

ザズは突然激昂した。

ライラが驚いていることに気付くと、のっぺりとした笑みを貼り付ける。

「いや、すまない……ボクは大事な用事があるからね、一人で楽しんでくるといい。それじゃあ、失礼するよ」

ザズはそれきり、忙しない足取りで出て行った。

取り残されたライラを物陰から見ながら、レクシアは眉を顰めた。

「今夜のパーティーって、ライラ様のお披露目会でしょ？ 婚約者ならエスコートするのが礼儀でしょうに。目つきも妙にギラギラしてるし、やっぱり怪しいわ」

不信感を露わにするレクシアを見て、ティトは隣のルナに囁いた。

「レクシアさんは、暗殺の黒幕がザズ王子だと疑ってるんでしょうか？」

「そのようだな。まあ、この婚約には謎が多すぎる。真偽はどうあれ、王子の真意は確かめたいところだな」

「でもどうやって……」

　すると、レクシアが探偵よろしくきらりと目を光らせながら顔を上げた。

「でも、これはチャンスね！」

「チャンス？」

「そうよ！　噂話（うわさばなし）は社交界の華！　特に王侯貴族が集まる夜会は、思わぬ機密情報が聞ける貴重な機会よ。夜会に潜入して、ザズ王子について情報を集めましょう！　そして悪巧みの証拠を押さえて、ライラ様を解放するのよっ！」

　レクシアは翡翠（ひすい）色の瞳を燃やし、あらぬ方向にびしっと細い指を向ける。

「名付けて、夜会潜入大作戦よ！」

「そのまんまだな」

　かくして、次なる作戦が決まったのだった。

第四章　夜会潜入大作戦

その夜、レクシアたちはライラの付き人として夜会に同行するため、ドレスに着替えていた。

可憐なドレスに身を包んだティトが、緊張した様子で両手を握りしめる。

「うう、貴族の方々が集まるパーティーなんて初めてです。ご迷惑をお掛けしないと良いのですが……！」

「そんなに緊張なさらなくても大丈夫ですわ。ドレスもとてもお似合いですわよ」

「ふぁ、あ、ありがとうございます！」

「ティトは服によって雰囲気ががらっと変わるから、選び甲斐があるわね！」

「待て。なんで私だけ男物なんだ」

楽しげにはしゃぐレクシアに、ルナがツッコむ。

レクシアたちが華やかなドレス姿であるのに対して、ルナはなぜか男物の正装をさせられていた。

「動きやすくていいが、ライラ様のお付きとしては浮いていないか？」

そう言いながら自身を見下ろすルナは、すらりと引き締まった華奢な身体を上質な服に包み、絹のような銀髪を青のリボンで結んでいる。その凛とした涼しげな佇まいは、上流貴族にも劣らない気品を漂わせていた。

「わあ！　ルナさん、すごくかっこいいです！」

「そうよ、私のルナは可愛くてかっこいいの！　ってわけで、今夜の作戦をおさらいするわね！」

「どういうわけだ」

釈然としない顔のルナの横で、レクシアは改めて作戦を告げる。

「私たちの任務は、ライラ様を護衛しつつ、ザズ王子の情報を集めること。変に意識すると警戒されるかもしれないから、ライラ様は私たちのことは気にしないで、パーティーに参加してね」

「分かりましたわ」

「それじゃあ会場に向かいましょう！」

「待て、なんで私だけ男物なんだと聞いている」

「もう、つべこべ言わない！　護衛が女だけだと舐められるかもしれないじゃない。男のふりをしていた方が、何かと役に立つこともあるでしょ？」

「そういうものか……？」

ルナは半信半疑で呻いたが、こと社交界のパーティーにおいては、レクシアの方が詳しい。ルナは大人しく従うことにした。

四人は馬車に乗って、夜会会場へと出発した。

＊＊＊

会場に着くと、絢爛なホールは既に多くの人で賑わっていた。

国の要人や貴族、他国の賓客たちがワイングラスを手に談笑し、宮廷楽団が流麗な音楽を奏でている。

そこにレクシアたちを従えたライラが入ると、感嘆の声が波のように広がった。

「おお、あれがレガル国のライラ王女か！　噂以上にお美しい……！」

「見て、ライラ様のお付きの方々。あんな綺麗なご令嬢、見たことがないわ。あの優美な所作、一体何者なの？」

「おや、白猫の獣人とは珍しい。初々しい様子がまた愛くるしいですな」

「――あら？　あの金髪のご令嬢、どこかでお見かけしたような……？」

レクシアに注がれる視線を、ルナはさりげなく遮った。

万が一、サハル王国にアルセリア王国の王女であるレクシアがいることが露見すれば、ややこしいことになる。

「（やれやれ、こういう煌びやかな場は苦手なんだがな。ともかく、ライラ様を護りつつ、レクシアの正体がバレないように気を付けなければ……――）」

「お、おい！　あの銀髪の少年は、どちらの御貴族のご令息だっ？　あの洗練された気品、ただ者ではないぞ！　ぜひ我が娘の婚約者に……！」

「きゃあっ、あんなお美しい殿方、初めて見たわ！　目の保養ねぇ！」

「（……なぜか私も注目されている？）」

熱烈な視線は気になりつつも、そ知らぬ顔をしながら会場全体を警戒する。

主役であるライラは花のような笑顔を浮かべて、次々に訪れる要人と挨拶を交わしていた。王子の婚約者ともなれば厳しい目を向けられることもあるが、ライラは完璧な礼儀作法と淑やかな振る舞いによって、好意的に受け入れられている。

「（さすがはライラ様だ、あらゆる淑女の手本だな）」

しかし、そんなライラを遠巻きにしている集団があった。

窓の傍に集まった、若い令嬢たちだ。

まだ少女といってもいい年頃の彼女たちは、ライラに労るような視線を注いでは、小さな声で囁きあっている。

「ライラ様もおかわいそうにね、あの酔狂なザズ様に目を付けられるなんて……」

「祖国を離れて心細いでしょうに。酷い目に遭わされていなければ良いのですけれど……」

「でも、ザズ王子が目を付けたのも分かるわ。とてもお美しいものね。魔法の才もおありだと聞くし……」

「だからってあんまりよ。ああ、おいたわしい……」

漏れ聞こえてくる会話に、レクシアが早速反応する。

「……あの子たち、何か知ってるみたいね」

「どうやらそのようだな」

「こうなったら善は急げよ！　あの子たちに接触して、ザズ王子の秘密を聞き出しましょう！」

「で、でも、初対面の相手にすんなり教えてくれるでしょうか……」

「大丈夫、私に考えがあるの。なんたって、このために準備してきたんだから」

レクシアの自信に溢れた様子に、ルナは嫌な予感を覚えた。

「おい。頼むから揉め事は起こすなよ――」

「というわけで、ルナ、出番よ！」

「……は？」

高らかに指名されて、ルナは間の抜けた声を漏らしたのだった。

＊＊＊

「こういう華やかな場なら、レクシアの方がうまく立ち回れるだろうに。あいつが何を考えているのか、さっぱり分からん」

半ば強引に送り出されて、ルナはぼやいた。

ひとまず、窓際でひとかたまりになっている令嬢たちへと足を向ける。

「(……ライラ様の身の安全は気になるが、護衛にはティトがいるし、もとより王侯貴族が多く集まる場だ、こんな場所で暗殺に及ぶような輩はいないだろう。ひとまずザズ王子の情報収集に専念しよう――)」

ルナが胸中で呟いた時、心配はいらないか。ホールにざわめきが広がった。

見ると、大きな虎を連れた貴族が、ライラに挨拶をしているところだった。

「ライラ様、こちら、砂漠にのみ生息する【ブラッディ・タイガー】です。大変珍しい生き物ですので、ぜひともライラ様にご覧いただきたく」

赤い毛皮に金の縞模様のあるその虎は、首輪を嵌められ、鎖に繋がれている。サハル王国の貴族たちにとっても珍しいらしく、好奇の目が注がれていた。

「ヴゥ、グルル……」

落ちつかない様子で辺りを見回している虎を見て、ライラが目を瞠った。

「まあ、これが……ですが【ブラッディ・タイガー】は、とても神経質で、すぐに人に牙を剝くはずでは？」

「それが、制御する秘術がございましてな――」

「グゥウゥウ……グルアアアアアッ！」

貴族が言い終わるのを待たず、虎が咆哮を上げた。

鎖を振りほどき、窓に向かって走り出す。

「ああッ⁉　ど、どこへ行くっ、いかん、戻ってこいッ！」

「きゃあああああっ⁉」

窓際に集まっていた令嬢たちが、悲鳴を上げて逃げ出した。

逃げ遅れた黄色いドレスの令嬢に、虎が雄叫びを上げながら迫る。

「ゴアアアアアアアアッ！」

「い、いやああああっ！」

「失礼」

「えっ、えっ——きゃあっ⁉」

ルナは虎よりも早く令嬢の元に駆けつけると、左腕でその腰を抱き、右手でシャンデリアに糸を放った。

間一髪、虎の牙をかわしてふわりと宙へ舞い上がる。

「おおっ⁉　う、浮いた⁉　一体どうやって……⁉」

「きゃあ、かっこいい！　あの殿方はどちらのご令息っ⁉」

「なんて華麗なの⁉　猛獣から乙女を救うなんて、おとぎ話の王子様みたい……！」

「ギャウッ！　グゥ、グルルル……」

虎は窓に激突してふらふらしていたが、今度はホールの出口目指して駆け出した。

その軌道上には、ライラの姿がある。

「グルァアアアアッ！」

「ああっ、ライラ様が……！」

悲鳴が渦巻き、誰もが立ち竦む中、レクシアが動いた。

「借りるわよ！」

近くにいた給仕たちの手からお盆を二枚もぎとって、バアアアン！　と打ち鳴らす。

「グルァァア⁉」

虎の注意が一瞬レクシアへと逸れ、その隙に、ティトが虎の胴体に抱き付いた。もつれ合うようにしてホールを転がる。

「グルアアアアアアアッ！」

「っ、よしよし、怖くないですよ……大丈夫、落ち着いて……っ！」

「ティト！」

ティトが暴れる虎を押さえ込んでいると、ホールに甲高い音が鳴り響いた。

途端に、虎が大人しくなる。

「グル……グルルル……」

虎は穏やかな足取りで貴族の元に戻ると、犬のように伏せた。

飼い主の貴族が、真っ青になりながらライラに頭を下げる。

「も、申し訳ございません、ライラ様！　護衛の方々も……！　お怪我はございませんか⁉」

「え、ええ……でも【ブラッディ・タイガー】が大人しくなってくれて良かったですわ」

「そ、それはこれのおかげでして」

貴族が掲げたのは、小さな笛だった。

「この笛は、魔物を制御したり、うまく使いこなせば操ることができるのです。サハル王国ではこの手の古代遺物が、時折遺跡から発掘されまして……」

「そんな笛があるのね」

レクシアが感心しつつも、腰に手を当てた。

「でもその子、人混みが苦手なんじゃない？　見知らぬ場所に連れて来られて、たくさんの人に囲まれたら、そりゃあ怖くて逃げ出すわよ。無理に連れて来ちゃだめじゃない」

「め、面目次第もございません……！」

パーティーの参加者たちは胸をなで下ろしつつ、先程の出来事を賞賛した。

「おい、さっきのを見たか？　あの少年、令嬢を抱いて宙に浮いたぞ。あの咄嗟の判断力に、軽やかな身のこなし……きっとただ者ではないぞ」

「それに、あの金髪のご令嬢。お盆を鳴らして猛獣の注意を引き付けるなんて、なんて機転がきくのかしら。それに勇敢だわ、なかなかできることではなくてよ」

「白猫のお嬢さんも、【ブラッディ・タイガー】を組み伏せていたわ！　可愛くて強いなんて、私もあんな護衛が欲しいわぁ！」

平身低頭する貴族と、すっかり大人しくなった虎を見ながら、ルナは息を吐いた。

「(ライラ様を狙った刺客という線はなさそうだな。やれやれ、人騒がせな。……さて、本来の任務に戻るか)」

ふわりと着地し、左腕に抱いていた令嬢をそっと降ろす。

「お怪我はないですか？」

「あ、は、はひ……」

黄色いドレスの令嬢が真っ赤になって頷く。

その背後で、他の令嬢たちもうっとりとルナに魅入っていた。

「見た？　猛獣を恐れず、乙女の危機を颯爽と助ける、あのお姿……」

「ええ、とても素敵だったわ……それに、なんて涼しげで気品溢れる佇まいなの……？」

「見て、あの美しいサハルブルーの瞳。まるでサファイアのよう」

熱の籠もった視線に、ルナは内心で首を傾げた。

「(？　妙に注目されているな。もしや女だとバレた……のなら、もっと怪訝な目を向けられるはずだが……？　だがまあ、話を聞き出すには好都合だ)」

ルナはできるだけ警戒を与えないよう、柔らかな微笑みを浮かべた。

「ご歓談中、申し訳ございません。少し尋ねたいことがあるのですが……」

すると、令嬢たちからきゃあっと黄色い声が上がる。

「ああ、お声まで麗しいわ！　それにあの透き通る青い瞳！　本当にサファイアみたい！」

「なんてお美しいお顔立ちなの？　お肌もきめ細かくて、女の子のよう……！」

「この溢れる気品、もしかして、お忍びでいらしたどこかの国の王子様じゃない⁉」

「いいえ、先程の身のこなし、世界を救う密命を帯びた、高潔な騎士様かも……！」

ルナはいっそう浮き足立つ令嬢たちを不思議に思いつつ、核心に切り込んだ。

「故あって、ザズ王子とお近付きになりたいのですが……ザズ王子について、何かご存じないでしょうか？」

するると令嬢たちは驚いたように顔を見合わせた。

黄色いドレスの令嬢が、おそるおそる口を開く。

「あの……ザズ王子に近付くのは、お止しになったほうがよろしいかと……」

どうやらビンゴだ。

内心で反応しつつ、穏やかに先を促す。

「というと？」

「ザズ王子は筋金入りの魔法研究狂で、ついに禁忌魔法に手を出したそうなのです」

「禁忌魔法？」

「はい。なんでも、常人には及びも付かない、恐ろしい魔法だとか。その魔法を発動するためには、魔力が豊富な、若くて美しい女性が必要らしく……」

魔法は基本的に、複雑な魔法理論を身に付け、自らが生まれ持った魔力を拠所（よりどころ）として行使される。当然、使えるようになるまでには惜しみない鍛錬と研究、膨大な年月を必要とするのだが、中には魔力の代わりに媒体を捧（ささ）げることで成立する禁忌魔法も存在する。

「それで、『ザズ王子は婚約と偽って、魔法の研究に利用するためにライラ様を呼びつけただけなんじゃないか』って、噂（うわさ）になっているんです」

「なるほど、そうだったのか」

ルナは納得すると、令嬢たちに優しく頷き掛けた。

「教えてくれてありがとう。貴女（あなた）がたの優しさは、きっとライラ様に届くでしょう。私の主を想（おも）ってくれたこと、感謝いたします」

「「は、はいっ」」

令嬢たちが夢見るように両手を握って合唱する。

ルナは改めて礼を告げると、少女たちに背を向けた。

「（思いのほかあっさり教えてくれたな。……それにしても、ずっと笑顔を浮かべていたから、表情筋が攣（つ）りそうだ。慣れないことはするものじゃないな……）」

頬をさすりつつ去ろうとした時、上擦った声に呼び止められた。

「あの、サファイア様っ！」

「（サファイア様？）」

怪訝に思いつつ振り返ると、黄色いドレスの令嬢が潤んだ瞳でルナを見つめていた。

「と、突然このようなことを尋ねる無礼をお許しくださいっ！　あのっ……将来を誓い合ったお相手はいらっしゃいますかっ⁉」

「？　？？？」

質問の意図も掴めないまま立ち尽くす。

「（サファイア様……とは、私のことでいいのか？　将来を誓い合った相手？　なぜそんなことを知りたがるんだ？）」

すぐに脳裏に浮かんだのは、黒髪黒目の少年――優夜の姿だった。

「（……ユウヤと共にいたいという気持ちはあるが、将来を誓ったわけではないし……だが、ユウヤといると心が温かくなるのは本当だ。できることなら、この先ずっと……――い、いや、私は何を考えているんだ！）」

熱くなった頬を冷ますためぶんぶんと首を振ると、それを質問への否定と取ったのか、令嬢が真っ赤になりながら声を絞り出した。

「あの、よろしければ、結婚を前提にお付き合いしていただけないでしょうかっ⁉」

「…………？」

今度こそ困惑しながら、ルナは令嬢に向き直った。

「気持ちは嬉しいですが……そういうのは、もう少し相手のことを知ってからのほうがいいのでは……？　例えば、【大魔境】で共に修行をするとか……」

「なんで⁉」

「それに、私には、その……」

再び優夜の姿が頭を過ぎって、頰を染めながら俯く。

恥じらいを帯びたその表情に、きゃあああああっと黄色い声が爆発した。

「見て、あの初々しくもいたいけなお顔！　きっと想い人がいらっしゃるのよ！」

「サファイア様の心を射止めるなんて、いったいどんなご令嬢なの⁉」

「ああっ、意中のお相手がいらっしゃったのですね⁉　そうとは知らずすみません！　応援してます、どうぞお幸せにっ！　うっ、ぐす！」

「あ、ありがとう……？　貴女がたも、いい夜を」

さらに熱烈になった視線を背中に受けながら、レクシアの元に戻る。

「あっ、ルナ！　どうだった？　ザズ王子の情報、何か集まった？」

「ああ、思いのほかすんなり教えてくれたぞ。どうやらザズ王子には、きな臭い噂があるらしい」

「やっぱり！　そんな重要な情報を聞き出すなんて、さっすが、私のルナね！」

「いや、彼女たちが予想外にすんなり教えてくれたんだ。私は特別なことは何もしていないんだが……」

　そんなレクシアとルナのやりとりを、令嬢たちが興奮しながら見守っていた。

「見て、あのお二人、とても仲が良さそう。もしかしてあの金髪のご令嬢が、サファイア様の想い人かしら？」

「あの美貌、あのオーラ、悔しいけれどお似合いだわ！　ううっ、美男美女をつまみに飲むワインって、どうしてこんなにおいしいの？」

「それにしてもあのご令嬢、本当にすごいオーラね。もしかして、どこかの国の姫君とか？」

「まさか。……いえ、でも本当に可愛いわね。あり得るかも……？」

「(……何故こんなに見られているんだ？　よもや、レクシアがアルセリア王国の王女だと気付かれたか？)」

　ルナは壁際から向けられる熱視線を避け、レクシアとティトを柱の陰に呼んだ。

「禁忌魔法ですって？」

ルナの説明を聞き終えて、レクシアが目を見開いた。

「ああ。なんでも、魔力が豊富な、若くて美しい女性が必要だとか。あくまで噂だが」

「禁忌魔法……若く美しい女性……そういえばザズ王子は、妙にライラ様の健康状態を気にしてたわね……」

レクシアは、ルナが得た情報とこれまで見てきた光景を、頭の中で組み立て――はっと顔を上げた。

「それってまさか――ライラ様の死体を、禁忌魔法の媒体にするつもりじゃない⁉」

「し、死体を⁉」

驚くティトに、レクシアは勢いよく頷いた。

「きっとそうに違いないわ！　あの王子、婚約っていうのは嘘で、禁忌魔法の生贄にするためにライラ様を呼び寄せたんだわ！」

「な、なんて恐ろしいことを……！」

「待てレクシア、そう決めつけるのは早計――」

「間違いないわ、ライラ様暗殺の裏にいるのはあの王子よ！　暗殺者を使って、自分の手を汚さずにライラ様の死体を手に入れようとしているんだわ！　あの時健康状態を気にしていたのも、魔力が豊富な状態のまま死体を手に入れるためだったのよ！　しかも婚約だなんて嘘をついて呼び寄せるなんて、許せない！　こうなったら、直接本人に問い詰めるわよ！」

「話を聞け。あくまでも噂だ。もっと慎重にしっぽを掴んでからでも遅くはない――」

ルナが言いかけた時、会場の扉が勢いよく開いた。

「ライラ！」

突如として現れたのはザズだった。

「ザズ王子⁉」

「で、殿下！　今夜のパーティーはご欠席のはずでは……！」

貴族や給仕(きゅうじ)たちが慌てふためく。

しかしザズは脇目も振らず、ライラに歩み寄った。

「ついに、ついに、ついに時が満ちた！　今晩ボクの部屋に来てくれ、ライラ！　キミの力が必要なんだ！　月が中天を過ぎる前に、絶対に来るんだよ、いいね⁉」

ザズは満面の笑みでまくし立てると、ライラの返事も聞かず出て行ってしまった。

呆気(あっけ)に取られる会場の中、レクシアが真剣な顔で呻(うめ)いた。

「大変、時間がないわ！　今夜、ザズ王子の元に乗り込むわよ！」

＊＊＊

波乱のパーティーが終わり、草木も寝静まった頃。

「ライラ様は心配しないで、ここで待ってて。私たちが必ずザズ王子の陰謀を暴いて、ライラ様を解放するわ！　禁忌魔法なんて絶対に阻止するから！」

「ええ、どうかお気を付けて……」

レクシアたちはメイド服に着替えると、不安そうなライラを部屋に残して、王宮の深部に忍び込んだ。

ルナは物陰に身を潜めながら、隣のレクシアに確認する。

「ライラ様の警護については、糸(トラップ)を仕掛けてあるから問題ないが……本当にお前もついてくるのか？」

「当然よ！　だってライラ様の危機ですもの、黙っていられないわ！」

「しっ、大きい声を出すな！」

ルナはとっさにレクシアの口を塞ぐが、レクシアはルナの手の中でもごもごと怒りを露(あら)わにしている。

「ザズ王子ったら、偽(にせ)の婚約でライラ様を呼びつけて、死体を禁忌魔法の媒体にしようだなんて、言語道断よ！　この手で真実を暴いて成敗しなきゃ、気が済まないわ！　それに万が一見つかっても、メイドのふりをしてごまかせばいいでしょ？」

「この状況でメイドのふりがまかり通るかは疑問だが……」

「じゃあ猫の鳴き真似(まね)で切り抜けるわ！　あれなら得意だし！」

「あれが通用したのは奇跡だからな⁉　はあ、ここまできたら仕方がないか。へまをして見つかるなよ？」

「任せて！　隠密(おんみつ)は得意なの」

「お前から一番遠い言葉だと思うが……」

「かくれんぼとそう変わらないでしょ？」

「隠密とかくれんぼを一緒にするな！」

「！　足音がします、隠れてください！」

ティトが警告し、三人は身を低くして息を潜めた。

巡回の兵士が三人の前を通り過ぎる。

その姿が見えなくなるなり、レクシアが勢いよく飛び出した。

「今よーっ！」

「レ、レクシアさーんっ！」

「お前一回隠密の意味を調べろ！」

元気に走り出すレクシアを、ルナとティトで慌てて追う。

その後もティトの嗅覚と聴覚を頼りに、警備の目を逃れつつ、入り組んだ通路を進む。

かなり深部に潜り込んだ頃、ティトが廊下の角で立ち止まった。

「この先から、ザズ王子の声がします」

そっと窺うと、廊下の突き当たりに重厚な扉があった。

扉を守るように、左右に屈強な兵士が立っている。

「妙に厳重な警備ね。怪しいわ」

レクシアが呟いた時、扉の向こうからザズの不気味な呟きが聞こえてきた。

「くく、くくく……ついに、ついにこの魔法が完成する時が来た……！　ボクがこんな偉大な魔法を完成させるなんて、誰も思いはすまい！　ボクを馬鹿にしてたやつらめ、ボクの才能の前に恐れ慄き、平伏すがいい！　はは、はははははは！」

「！」

「あとはこの魔法陣にライラの血を注げば……！」

「やっぱり睨んだ通りだわ！　行くわよ、ルナ、ティト！」

レクシアが叫ぶなり、ルナとティトが弾かれたように飛び出した。

「なっ⁉　何だ、このメイドども⁉」

「く、くせ者──うわぁっ！」

二人が扉の左右に立つ兵士を押さえつけるが早いか、レクシアは扉を勢いよく開いた。

「そこまでよ！」

「なっ……⁉」

そこには、黒いローブに身を包んだザズと、彼の護衛らしき兵士たちの姿があった。

驚愕しながら振り返ったザズの手には分厚い魔導書が開かれ、足元には魔法陣が描かれている。

突然の乱入者に、護衛らしき兵士たちがばっと身構え、ザズが狼狽えながら叫ぶ。

「だ、誰だ⁉　なんだお前たちはァッ⁉」

「観念しなさい、ザズ王子！　貴方の悪事、全部お見通しよ！」

「なななな、なんっ、なにっ、何をっ……⁉」

高らかに指を突きつけるレクシアの左右に、ルナとティトが展開する。

ザズは蒼白な顔で後ずさった。

薄い唇をわなわなと震わせ、周囲の護衛隊に声を張る。

「クソッ、何がお見通しだ、くせ者めェッ！　おい、やってしまえ！」

それを合図に、護衛たちが一斉に剣の柄に手を掛けた。

さらに騒ぎを聞きつけたのか、扉から新たな兵士がなだれ込んでくる。

「ザズ殿下、一体何が——な、なんだ、メイド⁉」

「いや、メイドを装った反乱分子かもしれん！　油断するな！」

レクシアたちの姿に面食らった兵士たちだが、すぐに身構えた。

「女子どもといえど容赦はせんぞ！　剣の錆にしてくれる！」

数十人という兵士たちに囲まれながら、しかしレクシアは一歩も怯むことなく叫んだ。

「ルナ、ティト！　やっちゃって！」

＊＊＊

「【爪閃】！」

レクシアの号令が響くや否や、ティトは背後の兵たちに向かって床を蹴った。

身を屈め、兵士の間を縫うように走り抜ける。

「は、速いっ……⁉」

一瞬驚いた兵士たちだったが、一切ダメージを負っていないことに気付く。

「ハッ！　ただのハッタリか！」

「舐めるなよ、小娘が！」

兵士たちは威勢よく吼えながら剣を抜く――が、しかし。

彼らの手には、刀身のない柄だけが握られていた。

「あ、ああっ⁉　刀身がない⁉」

「け、剣が⁉　なんだ、一体どういうことだ⁉」

ティトは、兵士が剣を抜くよりも早く、刀身を根元から切り離していたのだ。

――キン、キンッ、キイィンッ！

兵士たちが狼狽えている間にも、ティトは鋭い爪で次々に刀身を切って無力化していく。

白い閃光となって走り抜けながら、ティトは胸の高鳴りを覚えた。

「すごい、力が制御できる……ちゃんと理性を保ったまま、暴走することなく戦えてる……！　ルナさんとの手合わせの成果が出てるんだ……！」

「おのれ、メイドごときがちょこまかと……！」

兵士たちが棒きれと化した柄をかなぐり捨て、摑み掛かろうと殺到する。

「あ、わわわ……す、すみませんごめんなさいっ、少しだけ眠っていてくださいっ！」

ティトは立ち止まると同時に、床を強く踏みつけた。

床が砕けて破片が舞い上がる。その破片目がけて、爪を薙いだ。

「力を抑えて――【爪穿弾】！」

「ぐえっ⁉」

「うお……⁉」

狙い違わず打ち出された無数の石が、兵士たちを乱れ打つ。

兜や胸鎧を狙ったたため負傷はしないものの衝撃は強く、兵士たちは次々にその場に崩れ落ちた。

「ほ、他の方々も、動かないでください……！」

「な、なんだ、この攻撃⁉　それにこの強さは……⁉」

「こいつ、本当にメイドか……⁉」

予想外の力を前にして、残った兵士たちは顔を引き攣らせながら後ずさるのだった。

＊＊＊

一方、ザズの護衛たちはレクシアに狙いを定めていた。

「生意気な小娘どもが、大人しくお縄につけ！」

「うらぁっ！」

何人かがレクシア目がけて斬り掛かり——そのまま凍り付いたように動きを止めた。

「っ、な……⁉　身体が、動かないっ……⁉」

「な、なんだ、この糸はっ……⁉」

護衛たちの手首に、何かが絡みついている。それは天井から垂れ下がった糸だった。

ルナは戦闘が始まった直後、梁に向かって糸を放っていたのだ。

「気付くのが遅い——『傀儡』」

ルナは低く呟いて糸を操った。

すると糸に絡みつかれた護衛たちが、まるで操り人形のように仲間を攻撃する。

「う、うわあああっ⁉」

「きっ、貴様ら何をしている⁉　裏切ったのか⁉」

「ち、違うっ、身体が勝手に……っ！」

突然仲間が斬り掛かったことで、護衛たちはあっという間に混乱に陥った。

「悪いが、私の主人が確かめたいことがあるのだと聞かなくてな。少し仲間同士で遊んでいてもらうぞ」

淡々と糸を操るルナ。

その死角から、密かに別の護衛が迫っていた。

レクシアがはっと声を上げる。

「ルナ！」

「調子に乗るなよ、小娘がッ！」

護衛がルナの頭上に剣を振り上げ――

「それ以上動くな」

「うっ……!?」

男がぴたりと動きを止める。

その首元に、きらりと光るものがあった。

「下手に動けば首が飛ぶぞ。痛い目を見たくなければ、大人しくしていることだな」

「く、くそっ……！　なんなんだ、この武器はっ……動けん……！」

「強すぎるっ……このメイドども、一体何者なんだ……っ!?」

無力化された男たちの呻きが、虚しく響いたのだった。

＊＊＊

手練れの護衛たちがあっという間に制圧されたのを見て、ザズが腰を抜かす。

「ひ、ひいいいいっ⁉　ぼぼぼぼボクの精鋭が、ほんの数分でっ……⁉　なんなんだ、お前らァっ⁉」

情けなくへたり込んだザズを、レクシアは腰に手を当てて見下ろした。

「あなた、ライラ様の死体が欲しかっただけなのね！」

「⁉　な、なんの話だ⁉」

「とぼけないで！　婚約っていうのは嘘で、本当は禁忌魔法の媒体にするためにライラ様を呼びつけたんでしょ！　暗殺の黒幕はあなたね⁉」

するとザズは目を剝きだした。

「あ、暗殺ぅ⁉　何だそれは、知らないぞ⁉　ボクはただ、ライラと一緒に魔法の研究をするためにサハル王国に来てほしかっただけだ！　殺そうなんて思ってない！」

「え、そうなの？」

きょとんとするレクシアに、ルナがため息を吐く。

「はあ、やっぱりな。レクシアの勘違いだったか」

「だって、魔力が豊富な若くて美しい女性が必要だって言ってたじゃない」

「死体が必要だとは言ってなかったぞ？」

「そうだそうだ！　ボクはただ、血をコップ五杯ほどもらえればそれで満足……きひ、きひひひひっ」

「やっぱりライラ様に危ないことするつもりじゃない！」

死体ではないにしろ、ライラを禁忌魔法に利用しようとしていたのは間違いないようだ。

しかしザズは縮こまりながら目を逸らした。

「ち、血はただのついでだよォ……本当は、魔法を共同研究する仲間が欲しかったんだ……。ライラ王女が魔法に精通していると聞いて、一緒に研究したくて……だ、だけどボクは、すぐに不気味がられて嫌われてしまうから……無理矢理にでも結婚してしまえば、末永く研究に打ち込めると思って……」

「さすがに極端すぎないか？」

思わず呟くルナだったが、レクシアは真剣な顔でザズに向き合った。

「魔法の研究がしたいなら、ちゃんと外交としてそう申し入れなきゃ。そうすればきっとライラ様だって、喜んで手を貸してくれるわ。……もちろん、誰かの犠牲の上に成り立つ禁忌魔法なんて論外だけどね！　とにかく、ライラ様を幸せにする覚悟もないのに、婚約だなんて嘘をついてはだめよ」

そう諭されて、ザズは力なく頷いた。

「うう、分かった、婚約は解消するよォ……本当に悪かった……」

「分かってくれたなら良かったわ。ライラ様にも謝って、ちゃんと事情を説明するのよ。きっと許してくれるわ」

「ああ。……あのゥ、婚約は解消するから、せめて血だけでも……」

「ダメって言ってるでしょ！」

「ヒッ！」

「誰かを犠牲にするような魔法なんて邪道よ！　そんな邪法に縋っていたら、いつか身を滅ぼすわよ。だいたいこれはどんな禁忌魔法なの？」

「こ、コミュニケーション能力を上げる魔法……」

「そんなの魔法に頼ったって仕方ないいじゃない！」

「ヒエェ、ごめんなさいィ……！」

「第一、今私とちゃんとしゃべれてるんだから大丈夫よ！　自信持ちなさい！」

「はっ、はいィ……！」

「というか、その魔法、本物か？　怪しすぎるんだが……？」

ルナが呟く一方で、ザズを正面から諫めているレクシアを見て、護衛たちがざわつく。

「す、すげぇ、ザズ様に説教してるぞ……」

「本当に何者なんだ、このメイド……」

護衛たちもザズが道を踏み外そうとしていることに気付いていたが、得体の知れないザズを恐れて、誰も進言できなかったのだ。しかし存外素直にレクシアの言葉を受け入れているザズを見て、印象を改めたようだった。

すっかりしおれたザズを見て、ルナは肩をすくめた。

「やれやれ、嘘をついているわけではなさそうだな。つまり暗殺計画の黒幕は、別の人物ということか」

「振り出しに戻りましたね」

ルナとティトで、繭のごとくぐるぐる巻きにされている護衛たちを解放する。

その間に、レクシアはザズに尋ねた。

「王宮で、何か変わったことはない？　どんな小さなことでもいいわよ」

「か、変わったコトなんて……」

ザズはそう言いかけて、ふと思い出したように首を傾げた。

「そういえば、最近この王宮の地下から、妙な音がするんだよねェ」

「妙な音……街中でも聞いた、『大地の呻き』のことでしょうか？」

ティトの言葉に、しかしザズは首を横に振る。

「『大地の呻き』の前に、おかしな音が聞こえるんだ。細くて甲高い、風が鳴るような……」

「甲高い音？」

ザズ王子は怪訝そうなルナに頷いて、首を傾げた。

「そういえば、ついさっき似たような音を聞いたなァ。確かパーティー会場の方から……」

「……もしかして、笛の音でしょうか？　パーティーで【ブラッディ・タイガー】を制御していた……」

ティトの呟きに、ザズが晴れやかな表情で頷いた。

「そう、笛だよ！　『大地の呻き』の前に、笛みたいな音が微かに聞こえるんだ！　前まであんな音は聞いたことがなかったんだよね。しかも、地面の下から聞こえてくるんだ。王宮には地下室なんてないハズなんだけど。おかしいよねぇ」

「存在しないはずの地下から、笛の音が……？　たしかに引っ掛かるわね」

レクシアが呟いた時、低い声が割り込んだ。

「おやおや、これは何事ですか」

数人の部下を連れて入ってきたのは、宰相ナジュムだった。

「くせ者が侵入したと聞いて駆けつけてみれば、一体何の騒ぎですかな」

蛇のような視線で射すくめられて、ザズが冷や汗を浮かべる。

「ナ、ナジュム宰相ォ⁉　え、えェと、これはァッ……！」

「ザズ王子が、ライラ様を犠牲にして禁忌魔法を研究しようとしていたのよ」

「ち、ちょっとだけ血が欲しかっただけだよォ！」

「コップ五杯とか言ってたじゃない」

容赦なく事実を告げるレクシアに、ザズが涙ぐむ。

それを無視して、ナジュムは冷たい目でレクシアを見下ろした。

「誰かと思えば、ライラ様のお付きのメイド殿ではありませんか。いくら未来の王太子妃のお気に入りとはいえ、王宮に――それも王族の元に侵入するとは、あまりに度を越した不敬。処罰される覚悟はおありですかな？」

「不敬はどっちよ――」

「こんばんは。月の綺麗(きれい)な夜ですわね」

レクシアが言い返そうとした時、柔らかな声が響いた。

「ライラ様!」

振り向くと、部屋で待機していたはずのライラが立っていた。

ライラはレクシアたちを見てにっこりと微笑むと、ナジュムに向き直った。

「ごきげんよう、ナジュム宰相。わたくしのメイドたちに、何か?」

「……これはライラ王女。貴女のメイドが我が城の兵士に暴行を働き、王子の部屋に侵入したのです。これは国家を揺るがす由々しき事態ですぞ。どう責任を取られるおつもりか」

大の男でも凍り付きそうな鋭いまなざしに、しかしライラは一歩も退かなかった。

「ええ、話は聞かせていただきましたわ。確かにわたくしのメイドが、少しばかりおてんばが過ぎたようですわね。ですがこれも、祖国を遠く離れ、頼るべき寄る辺のないわたくしの身を守ろうと案じた結果。どうやらザズ様がわたくしの身を害そうとしていたことは事実のご様子。一歩間違えれば、わたくしの祖国——世界一の魔法大国レガルとサハル王国の間に、埋められない溝が刻まれるところでしたわ?」

ザズがびくりと身を竦ませる。

ライラはそんなザズをちらりと見ると、小首を傾げた。

「婚約は白紙に戻すとのことですし、お互いのために、ここは穏便に済ませませんこと？」

「…………」

淑やかながらも毅然としたライラを前に、ナジュムは苦虫を噛み潰したように口を歪めた。

「……失礼いたしました。此度の王子の無礼、心よりお詫び申し上げます。二度とこのようなことは起こさないとお約束しましょう」

ライラはにっこりと笑うと、ザズへ目を向けた。

「ザズ殿下」

「ひゃ、ひゃいっ⁉」

「婚約は解消となりますが、これを機に両国の友好関係を築ければと思うのですが、いかがでしょうか？　レガル国とサハル王国が結びつけば、より意義のある研究ができましょう」

「おァっ⁉　そ、そそそ、それは、ぜひィっ……！」

「色よいお返事、感謝いたしますわ。魔法の研究に力を注ぐ国同士、これからも仲良くいたしましょう」

「は、は、ははははひッ――」

「お話はそれくらいに。……もう夜も遅いですから、どうぞお戻りください」

ザズが返事をするより早く、ナジュムが低い声で割り込んだ。

ライラは優雅に一礼すると、ドレスを翻した。

「さあ、参りましょうか」

レクシアたちはライラの後について、部屋を後にする。

「ライラ様、かっこよかったわ」

「助けてくださって、ありがとうございます……！」

「ふふ、みなさまが心配で、つい来てしまいました。それに、お礼を言うのはこちらですわ。危うく血を抜かれて干涸らびてしまうところでしたもの」

「あの魔法が本物かどうか、怪しいところだがな」

囁き合って笑みを交わす。

「…………」

その背を見送る宰相の目が怪しく光ったことに、レクシアたちが気付くことはなかった。

第五章　封印された魔物

翌朝。

ライラとザズ王子の婚約は無事に解消されることになったが、手続きに一週間ほど掛かるという。

「まったく、王族というのは面倒だな」

三人はサハル王国を出立するまでの間、引き続き黒幕探しにいそしむことになった。

「暗殺の黒幕が誰なのかも分かってないし、また狙われないとも限らないわ。ライラ様の身の安全のためにも、なんとしてでも真相を突き止めなきゃね！」

「でも、なかなか手がかりが見つかりませんね……」

「そうね。気になることといえば、昨日のザズ王子の証言だけど……」

レクシアの呟きに、ルナも同意する。

「存在しないはずの地下から笛の音がする、という話だったな」

「はい。私も『大地の呻き』の前に、そんな音を聞きました」

「ライラ様の暗殺計画と関係があるかは分からないが、確かに引っ掛かるな」

「んー。王城には、王族が襲撃された時の逃げ道として、地下に秘密の通路があったりするんだけど……ザズ王子が把握していないということは、違うみたいね」

「謎が深まりましたね……」

三人は朝食を囲みながら、うーんと頭を悩ませ――レクシアがはっと顔を上げた。

「もしかしたら黒幕が、ライラ様に暗殺者を接近させるために、地下にトンネルを掘ったのかもしれないわ！」

「わ、わざわざトンネルを⁉」

「そうよ、そうに違いないわ！　そして謎の笛の音は、何かの合図なのよ！」

「でも、誰にも見つからずにトンネルを掘るのは難しいのではないでしょうか……？」

「そうね。だからきっと、入り口は王宮の外――目立たない裏路地なんかにあるに違いないわ！　ああ、なんて名推理なの⁉　自分の才能が怖いわ！」

「な、なるほど⁉　すごいです、レクシアさん！」

「そんな労力を掛けるくらいなら、他にいい手があるだろう」

ルナが冷静にツッコむ。

しかしレクシアは大きな瞳に使命感の炎を宿して、勢いよく立ち上がった。

「そうと分かったら、じっとしてなんかいられないわ！　さっそく街に出て、地下への入り口を探しましょう！」

トンネル説はともかくとして、ルナとしても笛の音は引っ掛かっていたため、三人は地下への入り口を探すべく、旅装に着替えて街へと繰り出した。

「でも、ライラ様のお傍を離れてしまって、大丈夫でしょうか？」

「まあ、襲撃されたとしても心配はいらない。ライラ様の周辺には念入りに糸を仕掛けてきたからな。既に今頃、何人か引っ掛かっているに違いない」

「す、すごい……！」

「さすがはルナね！」

「だが、地下への入り口といってもな……王宮までトンネルを掘るとなったらかなり大がかりだから、嫌でも目立ちそうなものだが、観光の時にはそれらしいものはなかったぞ」

「街の人たちも、特に噂している様子はありませんでしたね。誰にも見つからずにトンネルを掘る方法……立ち入り禁止にしてるとか？　でも、それこそ目立ちそうですし……」

「そういえばあの時、遺跡を守ってる兵士たちがいたわね」

レクシアは何気なく思い出して、はっと考え込んだ。

「待って？　サハル王国は滅亡した街の上に建国された国で、今でも遺跡が残っているのよね？　……つまり、サハル王国の地下には遺跡があるってこと？」

「！　そうなりますね」

「そうか、王宮に『地下階』はないが『地下に遺跡が埋まっている』可能性はあるのか」

「そうよ！　黒幕がわざわざトンネルを掘ったんだと思ったけれど、そうじゃなくて、笛の音は元々あった遺跡に反響してるのよ！　よーし、そうと決まったら突撃よ！」

早速兵士が守る遺跡へ走り出そうとするレクシアを、ルナは慌てて止めた。

「待てレクシア、昨晩兵士たちを伸したばかりだ！　あの時はライラ様のフォローに助けられたが、これ以上兵士と揉めるのはさすがにまずいぞ！」

「そんなの『道に迷っちゃって』って言えば何とかなるわよ！」

「なるか！　止まれ！　落ち着け、落ちっ……暴れ馬か、お前は！」

ルナとティトがレクシアを押さえていると、遠くで「わあっ!?」と悲鳴が上がった。

「ま、待って、急にどうしたの!?　そっちに行っちゃだめだよ、止まってー！」

「ん？　あの声、聞き覚えがあるな」

「観光の時に会った、【サハル・キャメル】飼いの男の子の声ですね」

「あの子が焦ってるって、もしかして……？」

振り返った三人の目に映ったのは、嬉しそうな雄叫びを上げながら突進してくる、大きな影——サハル王国観光の時にレクシアを乗せたラクダだった。

「ブモオオオオオオオオ！」

「!?　やっぱりあの【サハル・キャメル】だわ!?」

逃げ出したレクシアをラクダが追いかけ、ルナとティトの周囲をぐるぐると駆け巡る。

「ブモオオオオオオオオオオオ！」

「いやああああああ!?　落ち着いてえええええええ！」

「れ、レクシアさーん！」

「あいつ、どれだけ気に入られてるんだ」

「ちょっと、見てないで助けなさいよー!?」

「やれやれ、しょうがないな。『避役（ひえき）』」

ルナは爆走するラクダへ糸を放ち、手綱（たづな）をたぐり寄せた。

「よーし、どうどう。良い子だ」

「ブモモ〜」

「レクシアさんを見つけて、飼い主さんの手を振りほどいて来ちゃったんでしょうか？」

すると、「ごめんなさーい！」とラクダ飼いの少年が駆け寄ってきた。

少年はルナから手綱を受け取ると、額の汗を拭った。

「はぁ、はぁ……つかまえてくれてありがとう！　こいつ、急に走り出しちゃって……って、あれ？　この前会ったおねえちゃんたちだよね？」

「ああ、また会えたな」

「ブモモ！」

レクシアに嬉しそうに頭をすり寄せるラクダを見て、ティトが笑みを零す。

「ふふ、とっても嬉しそう。この子、本当にレクシアさんのことが大好きなんですね」

「うう、私も会えて嬉しいわ。でも急に追いかけられるとびっくりするから、今度からゆっくり来てね……」

少年がラクダの首を叩きながら、レクシアたちを見上げる。

「こいつをつかまえてくれて助かったよ！　良かったら、今夜の宴に参加していかないかい？　お礼がしたいんだ」

「そんな、お礼なんていいのよ――」

「サハル王国の伝統料理や、【サハル・シープ】のミルクもあるよ」

「【サハル・シープ】のミルクって初めて飲むわ！　ルナ、ティト、お呼ばれしましょう！」

「おい、地下遺跡への入り口探しはどうするんだ」

半眼のルナに、レクシアは胸を反らせた。

「もちろん、忘れたわけじゃないわ。これも情報収集の一環よ。古今東西、お酒の席では有力な情報が集まるものと、相場が決まっているんだから。それにせっかく異国に来たからには、その土地の風習を肌で感じて、伝統料理を味わっておかないと！　これも王族として成長するために必要な経験よ」

「それらしいことを言っているが、単に【サハル・シープ】のミルクを飲んでみたいだけだろう」

「当たり前じゃない」

「だんだん開き直ってきたな……いや、前からか」

「とか言って、ルナも気になるんでしょ、【サハル・シープ】のミルク？」

「そういうわけではな――んくっ、こらレクシア、脇腹をつつくな！」

いつものやりとりに、ティトが楽しそうに笑う。

「こっちだよ、ついてきて！」

三人は、ご機嫌なラクダと少年の後について、郊外へ向かった。

＊＊＊

賑(にぎ)やかな通りを抜け、建物がまばらになった頃、動物の鳴き声が聞こえてきた。

「ここね！」

オアシスと砂漠の境目──王都の外縁で、家畜の世話をしている人々がいた。

乾いた大地にまばらな草が生え、いくつも区切られた柵の中に、ロバや羊、ヤギがひしめいている。

「ここで動物のお世話をしてるのね」

「うん。宴までまだ時間があるから、そこで休んで待ってて！」

人々は家畜に水を飲ませたりブラシを掛けたりして、忙しく立ち働いている。そうこうしている内に、また新たな群れが帰って来た。

手入れもされず放置されている動物たちもおり、明らかに人手が足りていないようだ。

レクシアは、ルナとティトと顔を見合わせると、少年に声を掛けた。

「大変そうね。もし良かったら、お手伝いするわ？」

「えっ、いいのかい？」

「ええ。ちょうど気分転換したいところだったの。ねっ、二人とも？」

「はいっ！」

「ああ。できることがあれば力になるぞ」

「ありがとう、助かるよ！」

日に焼けた顔を輝かせる少年に笑って、レクシアは明るい声を上げた。

「それじゃあ、それぞれ人手の足りていなそうなところをお手伝いしましょう！」

＊＊＊

「よお、嬢ちゃん。見学してくかい？」

ルナが手伝えそうなことを探して歩いていると、住人が声を掛けてきた。

暴れる羊を、男たちが押さえている。

「毛刈りか」

「ああ、これがなかなか難しくてな。特にこいつは怖がっちまって……」

羊は怯（おび）えているようで、毛を刈るためのナイフが近付くとますます暴れる。

その様子を見たルナは、腕をまくりながら進み出た。

「少し離れていてくれるか？」

「え？　あ、ああ。だが何を……」

ルナは羊の前に立つと、人々が見守る中、手をかざし――

「はっ！」

しゅぱぱっ！　と糸が舞ったかと思うと、あっという間に刈られた毛が積み上がった。

「……メェ？」

「えーーええええっ⁉　今のどうやったんだ⁉」

「すげぇ、一瞬でこんなきれいに……！　普通なら一時間はかかるぞ⁉」

恐怖から解放され、身軽になった羊が、ルナに頭をすり寄せる。

その頭を撫(な)でながら、ルナは笑った。

「私で良ければ手伝うぞ。どんどん連れてきてくれ」

「い、いいのかい？　こいつはありがてぇ……！」

「【サハル・シープ】も怖がらないし、仕上がりもきれいだ！　お嬢ちゃん、毛刈りの才能あるぜ！」

「ふっ、これくらい造作もない。何しろ昔は【首狩り】と言われーーいや、なんでもない。さあ、そこに並べてくれ」

ルナはずらりと並んだ羊たちの毛を寸分の狂いもなく刈っていく。

「うおおおおお！　すげえっ、全然見えねぇっ！」

「な、なんか【サハル・シープ】が自分から並び始めたぞ……⁉」

「メエエ、メエエ」

ルナは鮮やかな糸さばきで次々に羊の毛を刈り、数分後、もこもこの羊毛の山ができあがったのだった。

＊＊＊

「ええと、何か、お手伝いできそうなこと……」

ティトは、住人たちが大量の牧草を運ぼうとしているのを見つけて立ち止まった。

女性や子どもの姿もあるが、かなり重くて大変そうだ。

ティトに気付いた女性が優しく声を掛ける。

「おや、白猫の獣人とは珍しい。旅人さんかい？」

「はいっ。あ、あの、良かったらお手伝いしますっ」

しかし住人たちは笑って手を振った。

「いいよいいよ、重くて大変だからねぇ。可愛(かわい)いお嬢さんにやらせられないさ」

「でも、あの、何かお役に立ちたいんです……！」

「そうかい？　ありがたいねぇ。でも無理しないで、少しずつでいいからね」

「はいっ、任せてください！」

ティトはそう言うと、山のように積み上がった牧草をひょいっと持ち上げた。

住人たちが目を丸くして驚く。

「あらまあ！　お嬢ちゃん、小さいのに力持ちなんだねぇ！」

「しかも絶妙なバランスで……よく崩れないな……!?」

「と、とっても助かるけど、そんなに持って大丈夫かい？」

「はいっ！　私も力の制御の練習になるので、どんどんやらせてくださいっ！」

ティトは牧草の他にも薪や食材などを軽々と抱え、何度も往復する。

「おや、見てごらん。薪がひとりでに歩いてるよ」

「もう、おばあちゃんったら。そんなわけないでしょ——何あれ!?　あっ、違う、獣人の女の子が山積みの薪を運んでる!?　どうやって!?」

「な、なんであんな小さな女の子が、馬で半日がかりで運ぶような重いものを持てるんだ……？　もしかして俺の目がおかしくなったのか……？」

ティトは住人たちを驚愕させつつも一生懸命に働き、とても感謝されたのだった。

＊＊＊

「いやあ、助かったよ、ありがとう！」

「お嬢ちゃんたち、うちで働かないかい!?」

手伝いを始めて、少しした頃。

大活躍をしたルナとティトは、あちこちで引っ張りだこになっていた。

「二人ともすごいわ！　私も頑張らなくちゃ！　まずは飼い葉を運んで……」

懸命に働くレクシアの元に、動物たちが寄ってくる。

「メエ、メエエ～」

「あっ、まだダメよ、ごはんは小屋に行ってからね。いい子だから」

「ヒヒーン」

「きゃっ⁉　スカートを食べないで！　おなかを壊すわよ⁉」

「ブモモ～！」

「それであなたはなんで怒ってるの⁉　髪を引っ張らないで、おいしくないわよ⁉　ねえ、ちょっととっ……なんで私だけこんなに囲まれてるのよー⁉」

「……あいつ、動物に変な好かれ方するな」

動物たちに群がられているレクシアを見て、ルナがぼやいたのだった。

＊＊＊

全ての家畜の世話を終え、小屋に入れた頃には、辺りは薄暗くなっていた。

泥に汚れたレクシアの顔を見て、ルナが笑う。

「レクシア、顔が泥だらけだぞ。どうしたらそうなるんだ」

「そう言うルナだって、髪の毛に藁がついてるわよ」

「ふふ。たくさん働いた勲章ですね」

「そうね！　……あら、ティトのしっぽ、藁がたくさん絡まって箒みたいになってるわ？」

「ふぁあああ⁉」

「こっちに来い、払ってやろう」

星が輝き始めた空の下、藁や泥のついた顔を見合わせて笑っていると、ラクダ飼いの少年がやってきた。

「おねえちゃんたち、本当にありがとう！　みんなとっても感謝してるよ！　いよいよ宴が始まるよ、こっちこっち！」

レクシアたちが少年について行くと、郊外の広場ではたき火が焚かれ、その周りにはたくさんの人が集まっていた。

色鮮やかな敷物の上に、肉の包み焼きや薄く焼いたパン、蒸し料理に野菜たっぷりのスープ、温かい飲み物などが並んでいる。

「わぁ、すごい！　ごちそうですね！」

「どれもおいしそう！　あのお料理は何かしら？」

「初めて見る木の実があるな。この辺りで採れるのだろうか」

レクシアたちが目を輝かせたその時、思いがけない人の声がした。

「レクシアちゃん、ルナちゃん」

「！」

聞き覚えのある声に振り返る。

そこには意外な——そして、二人が見知った女性がいた。

「「イリス様⁉」」

イリスと呼ばれた女性は、柔らかく笑って手を振った。

年の頃は二十代半ば、朱鷺色の髪をウルフカットにし、落ち着いた雰囲気を纏った女性である。髪と同じ色をした切れ長の瞳に、すっと通った鼻梁。均整の取れた体躯を軽装に包み、剣を帯びている。

優しげな笑顔とは裏腹に、その美しく引き締まった身体からは、研ぎ澄まされた強さを感じさせた。

この並外れた美貌を持つ女性こそが誰あろう、星に選ばれた『聖』の一人——剣の頂点を極めた『剣聖』その人であった。

「イリス様、どうしてここに⁉」

「この辺りに用事があってね、たまたま寄ったのよ。ここの人たちとは少しご縁があって、今でも近くに来た時には、こうして宴会に呼んでくれるの」

驚くレクシアたちの元に、住人が嬉しそうに集まってくる。

「お嬢ちゃんたち、『剣聖』のイリス様の知り合いだったのかい」

「あたしらは以前、魔物に襲われそうなところをイリス様に助けていただいたんだよ」

「それからもわしらのことを気に掛けて、こうして立ち寄ってくれるのじゃ。ありがたいことじゃて」

「当然のことよ。みんな元気そうで良かったわ」

イリスは屈託なく笑いかけると、レクシアたちを振り返って首を傾げた。

「ところで、そういうレクシアちゃんたちこそ、どうしてサハル王国に？」

「私たち、地下への入り口を探しているところです！」

「ち、地下への入り口……？」

「はあ、その説明で分かるわけがないだろう」

「何よ、本当のことじゃない」

「それはそうだが、最初から順を追ってだな……」

いつもの賑やかなやりとりが始まってしまい、イリスが喉の奥で笑った。

その隣で耳としっぽをぴんと立てているティトに視線を移す。

「ところで、あなたは？」

「は、はじめまして、ティトです！　グロリア様の弟子です！　今は、レクシアさんたちと一緒に旅をしています！」

グロリアから他の『聖』の情報を聞いていたティトは、緊張しつつ頭を下げた。

「！　そう、グロリアのお弟子さんなのね」

イリスは少し驚いて、優しく微笑んだ。

「私はイリスよ。イリス・ノウブレード。よろしくね」

「は、はいっ！　よろしくお願いします！」

包み込むような柔らかなまなざしに、ティトが頬を上気させる。

するとルナとの言い合いを終えたレクシアが、旅に出た経緯をイリスに説明した。

「というわけで、私たち、困っている人を助ける旅に出たんです！」

「今は、とある任務の途中です。……すっかり横道に逸れてしまったがな」

「いいじゃない、これも人助けの内だもの」

「まあ、そうだったの」

イリスは、一国の王女であるレクシアがルナとティトだけを連れてはるばるサハル王国に来ているという事実に驚いていたが、その思い切りのよさに「レクシアちゃんらしいわね」と笑った。

ラクダ飼いの少年が、立ち上がって陽気に手を叩く。

「それじゃあ、新しい出会いと再会をお祝いしよう！　宴の始まりだよ！　楽しんでいってね！」

＊＊＊

イリスとレクシアたちを囲んで、賑やかな宴会が始まった。

満天の星の下、人々は楽器をかき鳴らして陽気に歌い、たき火を囲んで踊る。

砂糖やスパイスと共に煮込んだ羊のミルクを飲んで、レクシアが目を輝かせた。

「甘くておいしいわ！　それにまったりしていてコクがあるのね。こんな味初めて！」

「独特の風味がするな。なるほど、数種類のスパイスを利かせているのか、勉強になる」

「ふぁぁ、身体が温まります……」

「砂漠の夜は冷えるから、嬉しいわよね。私も大好きなの」

宴が最高潮に盛り上がった頃、少年がレクシアたちを紹介してくれた。

「動物たちのお世話を手伝ってくれたおねえちゃんたちだよ。とっても働きものなんだ」

住人たちから、わっと拍手が沸く。

「さっきはありがとうな、旅人さん！　助かったぜ！」

「まあまあ、なんて可愛らしいお嬢さんだろうねぇ。肌が白くて雪のようじゃないか」

「どこの国から来たんだい？　良かったら、この革細工をお土産に持ってお行き」

「これ、サハル王国特産のはちみつだよ～！　おいしいから食べてみて！」

陽気な人々に囲まれるレクシアとルナを温かく見守りながら、イリスはティトに声を掛けた。

「グロリアは変わりない？　一緒に暮らしてる子どもたちも元気にしてるかしら？」

「はい！　師匠もみんなも、とても元気です」

「なら良かったわ。ティトも、『聖』の弟子としての修行は順調？」

ティトは声を詰まらせて俯いた。ふわふわのしっぽがしぼむ。

「……師匠は、いつも私のことを気に掛けて、成長させようとしてくれます。でも私、自分の力をうまく制御できなくて……」

「力を制御できない？」

「はい。……私、昔、力が暴走して大切な友だちを傷付けてしまったことがあるんです……。ルナさんと手合わせをしてもらって、少しは制御できるようになったんですけど、まだまだ未熟で……」

イリスは俯くティトを見守っていたが、優しく口を開いた。

「ティトは普段、どんなことを考えながら戦ってるの？」

「え？　えっと……人を傷付けないように……誰にも迷惑を掛けないようにって……」

イリスは切れ長の目を細めて頷いた。

「じゃあ、次は少しだけ変えてみない？　『こうしちゃダメ』じゃなくて、ティトが、どうしたいかを考えるの」

「私が、どうしたいか……？」

「そう。間違って誰かを傷付けたらどうしよう、大切な物を壊したらどうしようって想像すると怖いわよね。それは『聖』としてとても大切な感覚よ。でも、考えすぎてしまうと、余計に力が入って上手くいかなくなっちゃうでしょう？　だから代わりに、『大切な人を守りたい』、『力になりたい』、『共に戦いたい』……そんな、ティトの中にある本当の声に耳を傾ければ、自ずと戦い方も見えてくるんじゃかしら？」

ティトははっと目を見開いた。

かつて大切な友だちを傷付けてしまって以来、自分の力に怯え、抑え込もうとするばかりだった。けれどそうではない。大切なのは、力をどう使うか。どう使いたいか……――

ふと、レクシアにもらった言葉が蘇った。

『ティトの強さは、人を守る力よ』

そっと胸を押さえる。レクシアやルナと共に過ごす中で胸に灯った温かさが、イリスの言葉によって、形を持ち始める。

イリスは優しく笑った。

「大丈夫よ。グロリアがあなたを選んだんだもの。自信を持って、自分の力を受け入れるの。そうすればきっと、正しく力を使えるわ」

「自分の力を、受け入れる……」

星明かりの下、イリスからもらった言葉を、宝物のようにそっと唇に乗せる。

イリスは何かを思い出すような瞳で月を見上げた。

「……私は『弓聖』の弟子も知っているわ。その子もいろいろなことがあって苦しんでいたけれど、今は乗り越えて、私たちと一緒に戦っている。だから、ティトも大丈夫よ」

「！　『弓聖』様のお弟子さん……！」

他の『聖』の弟子に会ったことがないティトは、思わず身を乗り出した。

その時、イリスの元に幼い子どもたちが駆け寄ってきた。

「イリスおねえちゃん、また旅の話をきかせてー！」

「今度はどんな魔物をたおしたの？」

「そうねぇ。どこから話そうかな」

柔かく笑うイリスの元に、赤子を抱いた女性がやってくる。ラクダ飼いの少年も一緒だ。

「イリス様、先月生まれた女の子です。抱いてやってくださいませ」

「まあ、可愛い」

おくるみに包まれた赤ん坊を、イリスは優しく抱いた。たき火に照らされて、赤ん坊は無邪気な目でイリスを見上げる。

「へへっ、おれの妹なんだ！　可愛いだろ」

「ええ。目元がそっくりね」

イリスは自慢げな少年に笑いかける。

おそるおそる覗き込んでいるティトに気付いて、目を細めた。

「赤ちゃん、抱っこしてみる？」

「えっ！　で、でも、もし傷付けちゃったら……」

「大丈夫よ。そっとね」

ティトはおっかなびっくり、赤ん坊を受け取った。獣人の幼子を世話したことは何度もあるが、人間の赤ん坊を抱くのは初めてだった。

するとティトの腕の中で、赤ん坊が笑った。

「！　わ、笑いました……！」

「ええ。ティトの優しさが伝わったのね」

ティトは、じんわりと染み込んでくる温かさに胸を震わせた。

赤ん坊の丸い頰を撫でながら、イリスが優しく囁く。

「この子たちのような無垢な命を守り、安心して生きていけるようにするのが、私たち『聖』の務めなのよね。誰もが『邪』や『邪獣』、魔物に脅かされることなく、心から笑えるように……そのためなら、どんなに辛い戦いも乗り越えられるわ」

「そうよ。ティトも強くなって、立派な『聖』にならなきゃね。この子たちを守れるように」

「『聖』としての、務め……」

ティトは腕の中で笑う赤ん坊を見つめた。

「(……私も、イリス様や師匠みたいに、立派な『聖』になりたい。たくさん修行をして、成長して、本当の意味で強くなりたい。大切なものを守れるように……)」

愛おしい命の重みを噛(か)みしめ、『聖』としての使命を胸に刻み込む。

そこにレクシアたちもやって来た。

「あら、可愛い赤ちゃん。楽しそうに笑ってるわ」

「ティトは赤ん坊をあやすのが上手なんだな」

住人たちが目を細める。

「この子が無事に生まれたのも、イリス様のおかげです」

「イリス様は、この辺りに来た時には、魔物や野盗からわしらを守ってくれるんじゃ」

「大したことじゃないわ。また何かあったら、すぐに呼んでね」

イリスを囲んで、たくさんの人たちが、輪になって笑い合う。

ティトはイリスの笑顔と言葉を大切に仕舞い込むように、ぎゅっと胸を押さえた。

＊＊＊

――時は少し遡って、地下の薄暗い空間。

獣の息遣いが満ちる中、一人の男が祭壇を見上げていた。

その傍らに、部下が走り寄って跪く。

「失礼いたします。ライラ様の件で、ご報告を……」

「……今度こそ仕留めたのだろうな？」

男が一瞥すると、部下はびくりと肩を震わせた。

「い、いえ、それが……例のメイドたちの留守を狙って襲撃を試みたのですが、やはり謎の糸に阻まれて返り討ちにされ……」

「くそっ、留守にもかかわらず侵入さえ阻むとは……本当に何者なんだ、あいつらは⁉」

男は祭壇で蹲る影を見上げて、ぎりぎりと奥歯を軋ませた。

「婚約は解消になったが、あの小癪な王女、レガル国とサハル王国の友好関係を築くなどと吐かしおった……！　レガル国の魔法技術は厄介だ。万が一こいつの存在を嗅ぎ付けられ、計画発動前に潰されては元も子もない。あの小娘がレガル国に発つ前に始末するしかないのだ……！　――それで、肝心のメイドどもは、どこで何をしている？」

「それが、郊外で楽しそうに住人たちと交流しております……なんでも、宴に呼ばれたとかで……」

「観光の次は宴だと⁉　どれだけ私を愚弄すれば気が済むのだ⁉　そもそもなぜ街に繰り出した……もしや地下への入り口を探し回っているのか？　くそっ、どこまでも目障りな……！　――いや、待て。奴らは今郊外にいると言ったな？」

「はっ」

男はふと眉間を緩めた。

「……そうだ。ライラ王女の暗殺が難しいならば、先にあの鬱陶しいメイドどもを襲え。確かあの辺りを荒らし回っている、質の悪い野盗どもがいたな？　そいつらに襲わせて殺すのだ。金を積めば、喜んで引き受けるだろう」

「し、しかしそうすると、民をも巻き込みますが……」

男は鼻を鳴らすと、祭壇の上で眠る獣へと視線を向けた。

「構わん。こいつが封印から解ければ、どうせ王都ごと滅びる運命なのだ。すぐに野盗を手配しろ。絶対に私の差し金だと悟られるなよ、いいな」

「……はっ」

部下が去った後。

黒い影を見上げながら、男は恍惚として口の端を歪ませた。

「ふ……こいつさえ目覚めれば、全ては些事に過ぎん。もうすぐだ、もうすぐ望んでいた力が手に入る……そうすれば、全ては我がものに……ギギ、ギギギィ……ッ」

不気味な笑みを零す男、その手の中で、古びた笛がぎしりと軋んだ。

＊＊＊

その頃、街の郊外。

宴会は大いに盛り上がり、月は中天に掛かった。

「わあ、この木の実、瑞々しくておいしいです！」

「本当だわ！　はいルナ、あーん」

「いい、自分で食べられる――」

「ふふ、ルナちゃん、はい、あーん」

「い、イリス様まで!?　……あ、あーん」

「ちょっとルナ、なんでイリス様のは食べるのよ!?　私があーんしても食べてくれないのにーっ！」

レクシアたちがデザートに舌鼓を打っていると、ラクダ飼いの少年が壺を抱えてやってきた。

「おねえちゃんたちは、お酒は飲まないの？　このはちみつ酒、とってもおいしいって、旅の人にも評判だよ」

「んー、嬉しいけど、今日はやめておこうかしら？　今夜中に次の目的地に向かわないといけないしね」

辞退するイリスの横で、レクシアが陽気に飲んで歌っている大人たちを見て笑う。

「それにしてもここの人たち、みんなお酒が大好きなのね」

「陽気で明るくて、なんだかこっちまで楽しくなってきますね」

「そうだな。……だが、砂漠のような温度変化が激しい場所では、酒の保管は難しいと聞いたことがあるが……一体どうしてるんだ？」

ふと疑問を持つルナに、少年が答える。

「それはね、特別な倉庫があるんだ！」

「特別な倉庫？」

「そうだよ。あのね、野盗に狙われちゃうから、誰にも秘密なんだけど――」

「きゃあああああっ！」

少年の言葉を、甲高い悲鳴が遮った。

レクシアたちが振り返ると、屈強な男たちがなだれ込んでくる所だった。

「騒ぐな、大人しく言うことを聞け！　逆らえば命はねぇぞ！」

「女どもは前に出ろ！　よぉく顔が見えるようになァ！」

強面の男が、大ぶりの半月刀を振り上げてがなる。

その背後には、五十人以上の男たちが野卑な笑みを浮かべながら立っていた。

「あっ！　あいつら、ここらを荒らしてる野盗だよ！」

少年が叫ぶ。

すると野盗がレクシアたちに目を留めた。

「おい、いたぞ！　あいつらだ！」

「へへっ、見つけたぜぇ。お前たちだな？　なるほど、確かに上玉だ」

まるで誰かから聞いていたような口ぶりに、レクシアは野盗を睨み付けた。

「何よ、私たちに用があるっていうわけ？　一体誰の差し金？」

「この野盗たち、レクシアちゃんたちが狙いなの？」

首を傾げるイリスに、ルナが頷く。

「そのようです。おおかた、ライラ様を暗殺できず業を煮やした黒幕が、痺れを切らしたのでしょう」

「なるほどね。だからって、罪のない人たちまで巻き込むなんて許せないわね」

「はい……！」

イリスの言葉に、ティトが頷く。

レクシアは黒幕への憤怒を覚えつつ問いただした。

「教えなさい、一体誰の指図なの？」

「くくっ、さあなァ？　俺たちは金で雇われただけなんでな」

男は唇を歪めて笑うと、ぎらぎらと凶悪に光る半月刀を構えた。

「お前たちさえ殺せば、あとはここの連中を好きにしていいと仰せつかってるんでなァ。存分に楽しませてもらうぜェ」

心優しい住人たちを巻き込むわけにはいかない。

屈強な野盗たちを前に、レクシアは毅然と声を張った。

「ここの人たちに手出しはさせないわ！　ルナ、ティト、やっちゃって！」

「はいっ！」

レクシアの号令を合図に、ルナとティトは飛び出した。

＊＊＊

走るティトを、数十という足音と下卑た笑い声が追ってくる。

「がははは！　逃げてばかりじゃつまらないぜェ、猫の嬢ちゃん！」

「俺たちと遊んでくれよ、なァ⁉」

だがティトは、決して逃げているわけではなかった。

イリスの言葉を思い出しながら、野盗たちを引き付け、走る。

「（大事なのは、私がどうしたいのか……！『迷惑を掛けたらどうしよう』『傷付けたらどうしよう』じゃなくて――『強くなりたい』『みんなを守りたい』……！）」

住人たちから十分な距離を取ると、振り返った。

「っ、遊びたいなら、こんな遊びはどうですかっ――【爪穿弾】！」

ティトは密かに手にしていた木の実を宙へ放ると、爪を一閃させた。

弾丸のごとく撃ち出された木の実が、狙い違わず男たちの額に命中する。

「がっ⁉」

「うごっ⁉」

超速の礫を喰らって、男たちが次々に悶絶する。

突如として倒れ伏していく仲間に、野盗たちの間に動揺が走った。

「ど、どうしたお前ら⁉」

「おいしっかりしろ！　何が起こってんだ⁉」

「くっそ、てめぇの仕業か⁉　わけの分からねぇ術を使いやがって……！」

「こ、降参してください！　これ以上あなたたちを傷付けたくない、です……！」

投降を呼びかけるティトへ、しかし野盗たちはなお怒り狂って殺到する。

「ああ⁉　舐めるなよ、ガキがァァアアアアっ！」

「仕方ありません――【旋風爪】っ！」

ティトは力を溜めると、クロスさせた両腕を一気に振り抜いた。

爪から放たれた衝撃波によって突風が巻き起こり、局所的な竜巻を作り出した。

「な、なんだとおおおおっ⁉」

竜巻は野盗たちを容赦なく呑み込み、夜空へ打ち上げた。

「ぎゃあああああああ⁉」

やがて竜巻が消失し、野盗たちが砂の上に折り重なるようにして落下、気絶する。

「うぐ、うう……っ」

「嘘、だろ……」

「や、やった……！　イリス様の言った通り、ちゃんと戦えました……！」

ティトは思わず声を弾ませた。不安ではなく、自分の中にある『守りたい』という声に耳を傾けたことで、肩に入っていた力が抜けたのだ。

遠くで見ていた住人たちがやんやと歓声を上げる。

「すげぇや、嬢ちゃん！　やれやれ、やっちまえ！」

「がんばれーっ！　負けるな、ティトおねえちゃんっ！」

「は、はいっ！　がんばりますっ！」

明るい声援に背中を押されて、ティトは新たな盗賊たちの元へ走った。

＊＊＊

皓々(こうこう)と輝く月の下。

涼しげに佇(たたず)むルナに、盗賊たちが一斉に斬り掛かる。

「死にさらせエエェエエエッ！」

しかし――

「遅い」

「うっ!?」

ルナが指を鳴らした瞬間、男たちの動きがぴたりと止まった。月明かりに照らされて、その身体(からだ)に糸が絡(から)みついているのが見える。

「うわっ⁉　なっ、なんだこりゃ⁉」

「身体が動かなっ……イテテテ！　なんだこの糸、食い込んでくるぞ⁉」

「くそっ、てめえ何しやがった⁉」

無様に倒れながらわめく彼らを、ルナは涼しい顔で見下ろした。

「動くな。その糸は、オークの首さえねじ切る切れ味を持つ。下手に暴れれば血を見ることになるぞ」

「ひいぃっ⁉」

その時、ルナの背後で怒声が上がった。

「おいっ、こいつらがどうなってもいいのかッ！」

振り向くと、盗賊が女性たちを人質に取り、刃を突きつけている。

「へへへ、わけの分からねぇ武器を使うようだが、これなら手出しできねぇだろ――」

「そう思うか？」

「は……？」

ルナが宙で何か摑(つか)む仕草をすると同時、糸がひゅんっ！　と唸(うな)り――気が付くと、男たちの手から半月刀が消え失(う)せていた。

「なっ⁉　は、半月刀が……⁉」

「オレのもないぞ!? 一体どこに――」

「武器は回収させてもらったぞ」

涼しげに言うルナの足元には、いつの間にか野盗たちの武器が積み上げられていた。さらにその背後では、助け出された女性たちがぽーっと頬を染めている。

「て、てめェっ、いつの間に!?」

「大人しく捕らえられていれば、多少は穏便に済まそうと思ったが……どうやら痛い目に遭いたいらしい」

「何をごちゃごちゃと――」

丸腰になった男たちが、一斉に殺気立ち――ルナは一瞬にして肉薄すると、その首に手刀を叩(たた)き込んだ。

「ぐあっ!?」

ルナは盗賊たちの間を駆け抜けざま、糸さえ使わず次々に打ち倒していく。

「な、なんだこいつっ、速い――ぐえっ!?」

「嘘だろ、この数を一瞬で!? こんなに強いなんて聞いてねぇぞ――ぎゃあっ!?」

「きゃあっ、ルナさん強い! かっこいいーっ!」

「やっちゃえ、ルナさんっ!」

ルナのあまりに鮮やかな戦いぶりを前に、女性たちは恐怖も忘れて喝采したのだった。

＊＊＊

「まったく、運が悪いわね」

ずらりと並んだ盗賊たちを前に、イリスが浅く息を吐く。

すると一際屈強な、頭目らしき男が下卑た哄笑を上げた。

「ガハハハハ！　そうとも、オレたちに襲われて無事で済んだヤツはいねぇ！　てめぇらの不運を嘆くがいいッ！　うおらあああああああッ！」

野盗たちが四方からイリスに殺到し、何十本という半月刀が振り下ろされる。

しかし。

「運が悪いっていうのは、貴方たちのことよ」

「なっ……⁉」

一斉に振り下ろされた半月刀、その全てを、イリスはいつの間にか抜いた剣で受け止めていた。

「あら、こんなものかしら？」

イリスが剣を大きく薙ぐと、突風が巻き上がり、野盗たちが吹き飛ばされる。

「ひいいいっ!?」

「なんだ、この女……!? 強すぎる……!」

「ひ、怯むなっ! 相手は女一人だぞ!」

戦きながらも、何人かが身構える。

イリスはため息を吐くと、剣をすっと下ろした。

「これで大人しくなってくれたらと思ったけど……往生際が悪いわね」

「ああ!? 調子に乗ってんじゃねぇぞ——」

イリスが鋭く目を眇める。

「あなたたちごとき、剣を使うまでもないわ」

刹那、細身の身体から凄まじい剣気が立ち上った。

「——あ、ぁ……」

途端に、野盗たちが顔色を失ってへたり込む。世界最強の一角を担う圧倒的な力を前に立ち上がれる者など、もはや誰一人いなかった。

イリスは息を吐きつつ構えを解くと、軽やかに剣を納めた。

「まったく、情けないわね。目の前にいる相手の実力くらい、測れるようになりなさい」

＊＊＊

襲撃からわずか数分。

屈強な野盗たちが、あっという間に地に伏せていた。

「うう、う……」

「な、なんなんだ、こいつらっ……」

すっかり覇気をなくした野盗たちを、通報を受けて駆けつけた警備兵が引き立てていく。

「巻き込んでしまってごめんなさい！」

頭を下げるレクシアに、しかし住人たちは明るい声を上げた。

「謝ることなんてないさ！　むしろお礼を言いたいくらいだ！」

「あいつらにはいつも迷惑をこうむってたんだ、やっつけてくれてせいせいしたよ！」

「イリス様はもちろんだが、嬢ちゃんたちも強いなぁ！　恐れ入った！」

「かっこよかったよ、おねえちゃんたち！」

イリスも目を細めて微笑(ほほえ)んだ。

「レクシアちゃんたち、すごく勇敢だったわよ。厄介事に巻き込まれているみたいで、少し心配したけれど、これなら大丈夫そうね」

レクシアたちは顔を見合わせて笑った。

辺りに平穏が戻ったのを見届けて、イリスは服についた砂を払った。

「それじゃあ、私はそろそろ失礼するわね」

「イリス様、もう行っちゃうの？」

残念そうにするレクシアたちや住人に、イリスも名残惜しそうに微笑み掛ける。

「もっと居たかったけれど、もう次の目的地に向かわなくちゃ」

イリスには『聖』としての任務があり、他の場所にも同じようにイリスを待ち望んでいる人たちがいるのだった。

イリスは住人たちにお礼を告げ、別れを済ませた。

そして帰り際、レクシアたちを手招きすると、そっと耳打ちした。

「さっきは、ここの人たちを怖がらせちゃいけないと思って、たまたま立ち寄ったって言ったけど……本当はここに来たのは、この辺りで『邪獣』の気配を感じたからなの」

「！」

『邪獣』とは、負の感情の集合体である『邪』の絞りかすが命を得たものである。

『邪』のなり損ないと言われているが、その力は凄まじく、『聖』でも油断すれば命を落としかねない危険な存在だ。

「そんな！　もし『邪獣』が王都で暴れたら、大変なことになるわ……！」

緊張を浮かべるレクシアに、イリスは眉を顰めた。

「でも、おかしいのよね。確かに気配がしたと思ったんだけど、被害も全然出ていないし、それらしい姿もなくて……気配がちょっと違う感じもするし……」

イリスが怪訝そうにする通り、本当に『邪獣』がこの辺りにいるとすれば、既に相当の被害が出ているはずだった。

「気のせいかもしれないけど、気をつけてね」

レクシアたちは顔を引き締めて頷いた。

「じゃあね。会えて嬉しかったわ。また会う日まで、元気で」

イリスは笑って手を振ると、集落を後にした。

「イリス様、とても優しい方でした……」

小さく呟くティトを見て、レクシアが微笑む。

「それじゃあ、私たちも戻りましょうか。遅くなるとライラ様も心配するだろうし」

「すっかり長居しちゃいましたね」

「ああ。……そういえば結局、地下への入り口は見つからずじまいだったな」

「まだ時間はあるし、明日も探してみましょう」

　帰り支度をして、住人たちにお礼を告げる。

「本当にありがとう、楽しかったわ！」

「お嬢ちゃんたち、もう行っちゃうのかい？　寂しいなァ。いろいろ手伝ってもらって、野盗までやっつけてくれて、何かお礼をしたいんだが……そうだ！」

　住人がラクダ飼いの少年を手招きして、こっそり囁く。

「おい、嬢ちゃんたちをあの場所に案内してやれ。世話になったお礼に、何でも好きなもの持っていってもらいな！」

「うん、分かった！」

　少年はランプを持つと手招きした。

「こっちこっち、ついてきて！」

「なんでしょうか？」

「なんだか楽しそうね、行ってみましょう！」

　弾むように歩く少年の背中を追って、建物の裏に回り込む。

　少年は辺りを見回すと、何の変哲もない地面に膝をつき、砂を払った。

「？　こんなところに、一体何が……」

砂の下から現われたものを見て、息を呑む。

「！　これは……！」

それは古びた木の扉だった。

「へへっ。誰にも内緒だよ。おれたちの、秘密の場所なんだ！」

少年が扉を持ち上げると、冷たく湿った空気が立ち上り、地下へ続く階段が現われた。

「地下への入り口だわ！」

「こんなところに……」

「ついてきて！　暗いから、足元に気を付けてね！」

驚くレクシアたちをよそに、少年は慣れた様子で軽やかに階段を降りていく。

「……もしかしたら、笛の音の手掛かりがつかめるかもしれないわね」

レクシアたちは顔を見合わせると、揺れるランプの光を追って地下へ降りた。

やがて辿り着いた部屋の中心で、少年が自慢げに胸を反らす。

「じゃじゃーん！」

そこは倉庫だった。壁際に設置された棚に、壺や食料、生活用品、装飾品などが所狭しと並んでいる。置かれているものは新しいが、部屋自体はかなり古いもののようだ。

「これは……」

「秘密の倉庫だよ！　盗賊に盗まれないように、ここに酒や食料、大事な物を隠してるんだ！」

　どうやら遺跡を利用した貯蔵庫らしい。

　レクシアたちは一気に緊張が解けて、ほっと胸をなで下ろした。

　そんなことは露知らず、少年は嬉しそうに棚へとランプを掲げる。

「盗賊をやっつけてくれて、本当にありがとう！　お礼に、好きなもの何でも持って行ってよ！」

「ありがとう。でも気持ちだけで十分だわ」

「そうなの？　でも、何かもらってほしいなぁ……この腕輪はどう？　レクシアおねえちゃんに似合うと思うよ――って、もう素敵な腕輪をつけてるね」

「ええ、これはある方にお守りとして貰ったものなの。なんでも、持ち主を守ってくれるとかで……――」

　レクシアと少年がやりとりとしている横で、ルナとティトは感嘆しながら見回す。

「なるほど、地下貯蔵庫というわけか。地下なら温度も一定で、酒や食料の保管に最適だ。考えたな」

「入り口も上手に隠されていましたし、これなら住人の方以外は見つけられませんね」

ずらりと並んだ酒壺に、砂漠に生きる人々の陽気さとたくましさが込められているようで思わず笑みが零れてしまう。

念のため調べてみたが、部屋はここだけで完結しており、どこかに続きそうな通路はなかった。

「ようやく見つけた地下だが、笛の音に繋がるような手がかりはなさそうだな」

呟くルナに、レクシアが目を爛々と輝かせた。

「何言ってるの、ルナ。こういう秘密基地には特別な仕掛けがあるって、相場が決まってるのよ！　例えばどこかにスイッチが隠されていたり、こういう何の変哲もない壁に隠し通路があったりね！」

「はあ。そんなものあるわけないだろう。帰るぞ、ティト」

「あっ、は、はいっ」

「ちょっと、置いていかないでよー!?　冗談よ、冗談！　言ってみたかっただけ！　──きゃっ!?」

レクシアは慌ててルナに追いつこうとして躓き、壁に手を突いた。

その瞬間、壁ががらがらと盛大な音を立てて崩れる。

「きゃあああああああ⁉」

「レクシアさーん⁉」

「おい、大丈夫か！」

「いたたた……もう、何が起こったの？」

レクシアが小石を払いながら身を起こす。

ルナは慌ててレクシアの元に駆けつけようとして、目を見開いた。

「こ、これは……⁉」

壁にぽっかりと開いた穴の先、古びた石造りの廊下が続いていた。

「お、奥にも道が続いてる……⁉」

少年も通路の存在を知らなかったらしく、驚いた様子で立ち竦んでいる。

「ほ――ほらね、言った通りでしょっ⁉」

「いや、明らかに偶然だろ」

ルナがツッコミを入れた瞬間、通路の奥から細く甲高い笛の音が響いた。次いで、獣の呻き声にも似た地鳴りが壁を震わせる。

「！　笛の音と、『大地の呻き』……この奥から……？」

レクシアの言葉半ばに、ティトがしっぽの毛を逆立てる。

「っ……！　嫌な気配がします、この気配、『邪』……いえ、『邪獣』……⁉」

「！」

レクシアは、『邪獣』の気配を察知したというイリスの言葉を思い出していた。

冷たい暗闇の奥へと目を凝らす。

「もしかして、『大地の呻き』の伝承には、『邪獣』が絡んでいるの……？」

「分かりません……でも、イリス様の言う通り、『邪獣』の気配とは少し違うような気がします……気配が薄くてはっきり感じ取れません……」

ルナは、呆然と立ち尽くしている少年を振り返った。

「悪いが、ランプを貸してくれないか。それと、万が一の時のために、みんなを連れてすぐにここから離れるんだ、いいな」

「う、うん！」

ただならぬ空気を感じ取ったのか、少年はルナにランプを預けて階段を駆け上がる。

レクシアたちは顔を見合わせて頷くと、先の見えない深淵に足を踏み入れた。

ランプの明かりを頼りに、曲がりくねった通路を進み、何度か階段を降りる。自分たちの足音と息遣いが、石の壁に冷たく反響した。

「すごく入り組んでますね……」

「ああ。もうだいぶ地下に潜ったが、一体どこに繋がっているんだ？」

「まるで、何かを閉じ込めるために作られた迷宮みたいね……」

もしくは、この迷宮自体が、巨大な生き物の体内のような――

そんな不気味な想像にレクシアが身を震わせた時、ティトが耳を立てた。

「この先から人の声がします……！　それに、『邪獣』の気配も……！」

「！　分かったわ、慎重に行くわよ」

息を潜めつつ進むと、突如として視界が開けた。

通路が途切れ、広い空間が現われる。

三人は岩陰に隠れつつ、そっと中を窺った。

「地下神殿か……？」

ルナの呟き通り、そこは巨大な神殿だった。

高い天井を巨大な柱が支え、所々に篝火が焚かれている。松明を掲げた兵士らしき人影もいくつか見えた。

そして、神殿の中央。

篝火に浮かび上がる人物を見て、レクシアが押し殺した声を漏らした。

「ナジュム宰相⁉　なぜこんな所に……！」

黒い亡霊のように佇んでいるのは、宰相ナジュムだった。その手には、古びた笛が握られている。

そして、ナジュムが見上げる先。

祭壇の上に、巨大な影があった。

「何あれ⁉」

「しっ！」

叫び掛けたレクシアの口を、ルナが塞ぐ。

祭壇で蹲るようにして眠っているのは、おそろしく巨大な四体の獣だった。

獅子の頭に、ヤギの胴体。牛の蹄と蛇の尾。背中には蝙蝠の翼。太い四肢は頑丈そうな鎖に繋がれている。

「なんなの、あの魔物は……⁉」

いくつもの動物を切り刻んで繋ぎ合わせたようなおぞましい怪物を見上げながら、宰相が歪んだ笑みを零した。

「クク、ククク……。はるか古、この地にあった王国を滅ぼしたという【デザート・

キメラ】。いよいよこいつらの強大な力が我が手に……」

ルナが鋭く息を呑んだ。

「【デザート・キメラ】だと⁉　あれが……！」

「知ってるの、ルナ？」

「ああ。遠い昔、とある王国を群れで襲撃し、ものの数分で壊滅させたという伝説を持つA級の魔物だ。軍を以てしても倒すことはできず、どこかに封印されたと聞いていたが……」

「じゃあこの地下遺跡は、【デザート・キメラ】を封印するためのものだったってこと……⁉　ナジュム宰相は、そんな危険な魔物をどうするつもりなの……⁉」

レクシアが鋭く囁いた時、ナジュムが笛を口元に運んだ。

犬笛にも似た高音が響き渡る。

「この音は、『大地の呻き』の前に聞こえていた……」

ティトが耳を立てて呟く。

その音に呼応するように、眠っている魔物たちが身じろいだ。

「ヴヴヴ……ヴオオォ、オォ……」

地獄の底から響くような唸り声が、天井を震わせる。

巨体が微かに動き、太い四肢に嵌められた鎖が、じゃらりと重たい音を立てた。

松明を掲げた兵士たちが、畏怖に染まった声を上げる。

「あっ！　う、動いた……！　今、少し動いたよな⁉」

「ナジュム様の笛で、封印が解けてきてるんだ……！」

「お、落ち着け、このブローチさえつけていれば、俺たちが襲われることはない……！」

兵士たちが怯えながら、胸につけたブローチを確かめる。そのブローチには街の兵士が落としたものと同じ、蠍の紋章が刻まれていた。

四体の魔物が奏でる不協和音に恍惚と耳を澄ませて、ナジュムが低く笑う。

「クク、ククク、ハハハハッ……！　幾度となくここに足を運んだ甲斐があった！　間もなく、あと一度でもこの笛を鳴らせば、封印されていた【デザート・キメラ】が覚醒するだろう。そうすれば、遺跡から発掘されたこの笛で意のままに操り、サハル王国を我が支配下に……！」

「……！　これが『大地の呻き』と、地下から聞こえる笛の音の正体だったのね……！」

「あの笛の音、パーティーで【ブラッディ・タイガー】を制御していた笛と、同じ系統の音です……！」

緊迫した声で囁くティトに、ルナが頷く。

「あれも同じく、魔物を操る笛なんだろう。しかも、王国を滅ぼすような力を持った、より強大な魔物をな」

「なんて恐ろしいことを……！　きっとライラ様暗殺の黒幕も、ナジュム宰相——ナジュムに違いないわ！　国家転覆を目論むナジュムにとって、魔法大国レガルを後ろ盾に持つライラ様は邪魔でしかないもの……ナジュムはライラ様の暗殺がうまくいかないから、いよいよあの笛を使ってキメラを操るつもりなのね、きっと！」

恐ろしい計画に、レクシアは全身が怖気だつのを感じた。

「ククク、次にこの笛を使う時こそが、王都が崩壊し、我が野望が成就する時——だが、まだその時ではない。幕を開けるのは、絶望の舞台が整ってからだ……全ては私の手に委ねられている……ハハ、ハハハハハ！」

その時、ナジュムに駆け寄る影があった。

「宰相閣下」

「どうした」

「例の野盗たちが捕縛されたとのこと。件のメイドたちの始末はならず……さらに、ライラ王女へ新たに差し向けた刺客も、全員消息を絶ちました」

震えながら報告する部下に、しかしナジュムは鼻先でせせら笑った。

「フン、捨て置け。計画は既に最終段階へと移った。レガル国の小娘ごとき、もはやどうでも良い。暗殺などせずとも、【デザート・キメラ】さえ覚醒したら、どうせ王都ごと滅ぶのだからな」

そう言いかけたナジュムの目が、ふと愉悦に歪んだ。

「……いや、待て。そうか……最高の舞台の、最後のピースが揃ったぞ。キメラが覚醒したら、あの生意気な王女を真っ先に襲わせてやろう。それも、ただ殺すだけではない。王女を慕うメイドたちの前でいたぶり、弄び、死ぬより辛い恐怖を与えてやる……あの忌々しいレガル国の小娘の絶望する顔が楽しみだ……！　ギギ、グギ、ぎィ……」

「……閣下？　どうされました？」

ナジュムの口から、歪に軋んだ笑い声が漏れる。

異変を感じた部下が怯えたように尋ねると、ナジュムはマントを翻して背を向けた。

「いや、なんでもない。私は王宮へ戻る。引き続き見張っておけ。異変があればすぐに知らせろ」

「はっ！」

ナジュムが神殿の出口へ向かおうと歩き出す。

その両眼が、不気味に光った。

「……どうやら、ネズミが潜り込んだようだな」

ナジュムの呟きがレクシアたちに届くことはなかった。

＊＊＊

ナジュムが洞窟を出て行った後。

レクシアは岩陰から頭を引っ込めた。

強く鼓動を打つ胸を押さえながら呟く。

「やっぱりライラ様の暗殺を企んでいたのは、宰相だったのね。許せないわ」

「ああ。暗殺は諦めたかもしれないが、宰相の様子から察するに、あのキメラを使ってライラ様もろとも王都を破壊するつもりだぞ」

レクシアは頷いて、祭壇に眠る魔物を振り返った。

「【デザート・キメラ】……あんな恐ろしい魔物が、サハル王国の地下に眠っていたなんて……」

「はい……ただ、あの魔物は『邪獣』ではないようですけど……」

「どちらにしろ、あの怪物が目覚めれば、王都は壊滅するぞ」

レクシアは唇を噛んだ。

「王国を滅ぼされた太古の人たちは、後の世に生きる人々の平穏を願って、この神殿と地下迷宮を作り、あの魔物を封印したはずよ。それを、その魔物を使って国家を転覆させようなんて……許せないわ。絶対に阻止しなくちゃ」

ルナは頷いて、胸にブローチを付けた兵士たちをちらりと見遣る。

「遺跡を守っていた兵士も、彼らと同じブローチを持っていたな。宰相は既にかなりの数の兵士を取り込んでいると見たほうがよさそうだ」

「ええ。宰相の手下が、どこまでサハル王国の深部に潜り込んでいるか分からないわ。下手に動いても握り潰される可能性がある。サハル王国王のブラハ様に報告するのは危険ね……ライラ様のレガル国、あるいはアルセリア王国から手を回してもらったほうが確実だわ」

「はい。それに宰相は、キメラが目覚めたら真っ先にライラ様を襲わせると言っていました……ライラ様の身にも危険が迫っています」

「そうね。とにかく一刻も早く、ライラ様に伝えなきゃ」

今にも目覚めそうなキメラに目を走らせて、ルナは唇を噛んだ。

「（二人の言う通りだ。だが、ここを離れていいものか……あの様子では、いつキメラが目覚めてもおかしくない。おそらく地上は王都のただ中だ。あのキメラが地上に出ただけでも、相当の被害が出るぞ……)」

キメラの呼気が不気味に響く中、レクシアが決意を込めた瞳を上げた。

「ルナとティトはここに残って。私がライラ様に知らせてくるわ」

「レクシア⁉」

「一人で行くなんて、危険です！　もしナジュム宰相と鉢合わせたら……！」

心配そうなルナとティトに、レクシアは真剣なまなざしを向けた。

「大丈夫よ。二人はここをお願い。もし【デザート・キメラ】が動き出したら、どうにかできるのはあなたたちだけなんだから」

ルナは逡巡(しゅんじゅん)し、やがて噛みしめるように頷いた。

「……分かった。任せたぞ、レクシア」

「ええ！」

「どうかお気を付けて！」

レクシアはスカートを翻して、ライラに事を知らせるべく、一人来た道を走った。

第六章　半邪

「はぁ……はぁ……っ！」

地上に戻ったレクシアは、ひと気のない夜道を王宮へとひた走った。

「確か、この辺に……！」

外壁に辿り着いて、慎重に辺りを探る。

すると、ルナが仕掛けた罠に紛れて、一本だけ微かに色の違う糸があった。

ルナは暗殺者対策のトラップの中に、緊急用の糸を用意していたのだ。

「あった！　さすがルナね！」

外壁を登りつつふと見下ろすと、近くの繁みの中に、黒い服を着た男が五、六人折り重なるようにして気絶していた。トラップに返り討ちにされた刺客らしい。

「ルナの糸、効果抜群ね。ご愁傷様」

それを尻目に、レクシアは壁を乗り越えた。

静まりかえった庭園を駆け抜ける。

「ライラ様！」

「！　レクシア様！」

夜も更けたというのに、ライラはドレス姿のまま庭園に出て、心配そうに辺りを見回していた。

「心配しましたわ、こんな時間までどこに……」

自分を労ってくれるライラの優しさに感謝しながらも、一刻も早く伝えなければと思ったレクシアは、息を切らせながら告げた。

「暗殺の黒幕は宰相よ！」

「！　ナジュム宰相が……⁉」

「そうよ、宰相がライラ様に刺客を仕向けていたの！　でも、暗殺が上手くいかないと分かって、今度は地下に封じられたキメラを解き放とうとしていて……キメラを使ってライラ様を亡き者にし、王都を破壊して、この国を乗っ取ろうとしているのよ！」

「なんですって⁉」

衝撃の事実に、ライラが顔色を失う。

レクシアはその手を取った。

「ブラハ国王の助力を得たいけれど、宰相の手下がどこに潜んでいるか分からないわ。下手に介入しても握り潰される……まずはオルギス様に連絡して、ブラハ国王に話を通してもらいましょう。私もお父様に連絡を――」

その時。夜の庭に、粘るような声が這った。

「おやおや、このような夜更けに、仲良く何のご相談ですかな？」

「！」

弾かれたように振り返る。

そこには薄笑いを浮かべたナジュムが立っていた。

部下も連れず、闇に溶け込むように佇むナジュムを、ライラは強い瞳で睨み付ける。

「……わたくしを殺そうとしていたのは、あなただったのですね」

「その通り」

「っ、一体なぜ……！」

ナジュムは悪びれもせずに認めると、酷薄な笑みを浮かべた。

「なぜ？　はは、はははは。そんなもの、邪魔だったからに決まっているだろう」

上辺だけの敬意すらもかなぐり捨てて、獣の如き本性を剝き出しにする。

「あの暗愚――ザズ王子が魔法大国であるレガル国と婚姻関係を結べば、王権はより強固になり、転覆は難しくなる。しかも、その後もせっかくのキメラが目覚める前に勘付かれ、潰されたのではたまらん。それを阻止するために、お前の暗殺を企てたのだ。大人しく殺されておけばいいものを、忌々しく足掻きおって……だが、時は満ちた。我が野望を知ったからには、露と消えてもらおう」

「っ……！」

ライラが唇を噛む。

そんなライラを庇うようにして、レクシアがナジュムの視線に割り込んだ。

翡翠色に燃える瞳でナジュムを睨め付ける。

「過ぎた力は身を滅ぼすだけよ。あなたに国の頂点に立つ資格はないわ」

「ふん、どこの馬の骨とも知れない小娘が。私は既に強大な力を手に入れ、この国の支配者となる身。貴様如きが、王に向かって偉そうに語るな！」

ナジュムは蛇のような視線でレクシアとライラをからめとると、笛を取り出した。

「忌々しい小娘どもめが……自分だけが死んでおけば良かったと後悔するが良い。貴様の愚行が恐怖と惨劇を招き、多くの民を殺すのだ。この国が――世界が混沌に飲まれるのを、その目に焼き付けるがいい！」

「！　やめなさい！」

レクシアが制止するよりも早く、ナジュムは笛に鋭く息を吹き込んだ。

夜空に甲高い音が響き渡った直後、足元から地鳴りのような鳴動が轟く。

これまでとは一線を画する地響きに続いて、くぐもった遠吠えが響き渡った。

「！　これは……まさか……！」

冷たい予感に身を震わせるレクシアに、ナジュムは獰猛に歯を剝き出した。

「さあ、蹂躙の時だ。我が野望の前に跪け！」

＊＊＊

その頃、地下神殿。

地上から笛の音が響き、ティトがはっと耳をそばだてた。

「笛の音が……これは、王宮の方角……⁉」

「ヴヴ、ヴ……」

地を這うような唸りと共に、眠っていた【デザート・キメラ】が瞼を開く。

四体の魔物がゆっくりと首を擡げ、轟くような咆哮を上げた。

「グギャ、ア、アア、ア、アアア――――――――!」

「ひ、ひいいいいっ!? 【デザート・キメラ】が目覚めた!?」

「なっ!? ナジュム閣下が笛を吹いたのか!? なぜ今、まだ俺たちがここにいるのに!」

兵士たちに動揺が走る。

封印から解き放たれた魔物たちは恐ろしい雄叫(おたけ)びと共に、鎖を引き千切った。

「グギャアアアアアアアアアアアッ!」

「まずい!」

ルナが飛び出すよりも早く、一体のキメラが柱の近くに居る兵士に襲い掛かった。

「ギギャアアアアアアアア!」

「う、うわあああああっ!?」

「くっ! 『避役(ひえき)』!」

ルナは兵士に糸を巻き付けると、力任せに引き寄せた。

直後、キメラの前肢が繰り出した凄(すさ)まじい一撃が、兵士が居た空間を柱ごと薙(な)ぎ払う。

「ひっ……お、お前たちは……っ!?」

「説明は後だ! 早く逃げろ!」

「こっちです! 振り向かないで、走って!」

突然現われたルナとティトに瞠目する兵士を、二人は出口へと追い立てた。

四体のキメラは猛り狂いながら、逃げ惑う兵士たちを攻撃する。

「わああああああ!?」

「ど、どうして俺たちを襲うんだ!?　ナジュム閣下は、このブローチさえあれば襲われないと言っていたのに……！」

「あ、あ、まさかっ……まさか俺たちは、騙されていたのか……!?」

兵士たちの顔が絶望に染まる。ナジュムにとって、ここにいる部下たちは、魔物が目覚めるまで利用するための使い捨ての駒に過ぎなかったのだ。

「グギャアアアアアア！」

またひとつ柱が壊され、支えを失った天井ががらがらと音を立てて崩壊した。

「ひいいいいっ!?」

「危ない！」

兵士に向かって崩れかかる巨大な瓦礫へ、ティトが一直線に跳躍する。

「はアッ！」

家ほどもある巨大な岩の塊を、爪の一振りが粉砕した。

「ああっ!?　あんな巨大な岩を、一撃で粉々に……っ!?」

「す、すげえ……！　一体何者なんだ……⁉」

「今のうちに逃げてください、早くっ！」

雨のように降る小石の中を、命拾いした兵士たちが躓きながら逃げていく。

神殿に立ち込める土煙の中、抜けた天井から月明かりが差し込んだ。

「グギャァァァアアアッ！」

二頭のキメラが蝙蝠の翼を広げると、その穴から地上へと躍り出た。

他の二頭は、三人が通ってきた通路へと飛び込む。

「しまった！　二手に分かれるぞ、ティト！」

「はいっ！」

猛り狂うキメラを追って、ルナは天井に開いた穴に糸を放って地上へと降り立ち、ティトは王都郊外に繋がる出口へ飛び込んだ。

＊＊＊

地上へ出たルナは、風のように大通りを駆け抜けていた。

四体のキメラは既に散り散りに進撃したらしく、夜の王都は恐慌状態に陥っていた。

人々が悲鳴を上げながら逃げ惑い、親とはぐれた子どもが泣き叫ぶ。

「こっちか！」

ルナは逃げてくる人波に逆らって、叫喚の渦巻く広場に駆けつけた。

キメラが迫る中、脱輪した馬車が通路を塞いで、多くの人が立ち往生している。

「ヴヴヴヴウ……」

「ああ、あ、あ……」

絶望に染まった人混みの前で、遺跡を見張っていた兵士だろう、何人かの兵士が槍を持ったまま立ち竦んでいた。

そんな兵士に飛び掛かろうと、キメラが身を低くし——

「させるか！『乱舞』！」

「グギャアアアアアアッ⁉」

ルナはキメラ目がけて糸を繰り出した。

縦横無尽に乱舞する糸による斬撃が、キメラの強靱な肉体に無数の傷を刻む。

「なっ⁉ なんだ、今の攻撃は⁉」

「一体どこから……⁉」

兵士たちが驚愕に目を見開いた。

「ヴヴ、ヴ、ヴヴヴヴッ……！」

駆けつけたルナを、キメラが怒り狂いながら振り返る。

「あ、危ない！」

「グギャアアアアアッ！」

キメラがルナに突進し、爪を振り下ろした。

石畳さえ砕く威力を秘めた一撃を、しかしルナはひらりと宙に舞って避けた。

空中に張った糸の上に、軽やかに着地する。

「おい、宙に浮かんでるぞ⁉　どうなってるんだ⁉」

「なんなんだ、あの身のこなしは……⁉」

宙に立つルナを睨み上げて、キメラが翼を広げた。

「グギャアアアアアア！」

蝙蝠の翼が風を打ち、巨体が舞い上がる。

しかしルナは冷静に両手をかざすと、鋭く囁(ささや)いた。

「『螺旋(らせん)』！」

一瞬にしてルナの周囲に張られていた糸が縒(よ)り集まり、ドリルのように回転しながらキメラの翼を貫いた。かと思うと、一気に解(ほど)けてずたずたに引き裂く。

「ギャッ、グギャギャッ……⁉」

翼に無数の風穴を穿たれて、キメラが地面に叩き付けられた。

「き、キメラの翼を、紙でも裂くように……⁉」

「強すぎる、一体何者なんだ⁉　それに、あんな武器は見たことがないぞ⁉」

「グヴヴッ、ヴガァ、アァァア……ッ」

キメラが両眼を憤怒に染めて立ち上がる。

ルナは糸を蹴ると、キメラへ向かってまっすぐに降下した。

「い、一体何を⁉」

「死ぬ気か⁉」

「グギャアアアアアアッ！」

キメラがルナを見上げ、牙の並んだ口を開く。

「はあっ！」

ルナは空中で両腕を薙いだ。

キメラの周囲に、強靱な糸が檻のように張り巡らされる。

「ヴヴヴギャアアアアア！」

太い腕が糸を薙ぎ払うよりも早く、ルナが何かを握り潰すように拳を握った。

「これで止めだ──『監獄』！」

張り巡らせた糸が、一瞬にして中央に集まる。

オークの首さえ飛ばす切れ味に寸断されて、キメラが細切れになった。

「グギェ、エ、ア……」

強大な魔物が、断末魔を残して消滅する。

ルナはキメラがいた場所に着地した。消えゆく光の粒子を横目に、小さく呟く。


「お前たちに、罪はないんだがな」


「た、倒した……嘘だろ……？」

「つ、強い……あんな化け物を、たった一人で……」

ルナは通路を塞いでいた馬車を糸で寸断し、兵士に人々を託すと、もう一頭のキメラを探し始めた。

その最中、石畳に刻まれた爪痕に気付く。爪痕は王宮へと向かっていた。

「！　一頭は倒したが、もう一頭はひょっとして王宮へ向かったのか……⁉　早く倒さなければ……！」

その時、逆方向——王都の郊外から、別のキメラの咆哮が轟いた。

「！　郊外にはティトが向かったはずだが……何か嫌な予感がする……——ティト！」

ルナは胸のざわめきに突き動かされるようにして、郊外へと走り出した。

＊＊＊

「早く、早くしないと……！」

ティトは屋根から屋根へと飛び移りながら、王都郊外へ向かっていた。

「！　見つけた……！」

細い路地を逃げる人々と、それを追うキメラを発見する。

ティトは飛び降りざま、キメラの背中を切りつけた。

「【奏爪】！」

「グギャアアアアアッ！」

背中を切り裂かれたキメラが、怒り狂いながら振り返る。

「ヴヴヴヴ……」

ティトがキメラと対峙していると、背後から声がした。

「い、いた、キメラだ！　キメラがいたぞ！」

「おい、女の子が襲われてるぞ！」

王宮から派遣されたのだろう、駆けつけた兵士たちに、ティトは声を張った。

「私は大丈夫です、みんなを避難させてください！」

しかし言葉半ばに、キメラが雄叫(おたけ)びを上げながらティトに飛び掛かった。

「ギギャアアアアア！」

「あ、危ないっ！」

兵士たちの悲鳴が渦巻く。

しかし、キメラの爪牙(そうが)がティトを捕らえることはできなかった。

キメラの牙が届くよりも早く、ティトははるか頭上まで跳んでいたのだ。

「【爪閃(そうせん)・極】！」

「ギャ、ギギャ、ァァァアアア……！」

ティトは壁を足場にして跳び回り、キメラの背後や頭上から縦横無尽に攻撃を加える。

白銀の流星と化したティトに翻弄されて、キメラがのたうった。

「な、なんだ⁉　武器もないのにどうやって……！」

「なんて速さだ、目で追えないぞ……！」

「ギャギャアアァァアアッ！」

やがて、無数に切り裂かれたキメラが横様に倒れた。

その機を逃さず、ティトは大きく跳躍して爪を振りかぶった。

「これで最後です！　喰らえっ、【雷轟爪】！」

滞空しながら力を溜めた爪を、キメラの胴体目がけて真上から振り下ろす。

地を割るような轟音と共に、重さの乗った一撃がキメラを両断した。

「ギ、グギャ、ギャ……」

「ふーっ……！」

光の粒子となって消えていくキメラを見て、ティトは爪に纏わり付いた残滓を払う。

「な、なんだあのでたらめな強さは……!?」

「A級の魔物をたった一人で圧倒するなんて、あの子は何者なんだ!?」

ティトは息を呑む兵士たちを振り返った。

「キメラは私たちがなんとかします、兵士さんは、避難の誘導をお願いします！」

そう言い残すと、次のキメラを探して、流れてくる人波に逆らって走り出す。

すれ違う人々の顔は、恐怖に染まっている。

「みんな怖がってる、私が守らなきゃ……！」

『爪聖』の弟子として、強く生まれついた身として、焼け付くような使命が胸を焦がす。

その時ティトの耳が、赤ん坊の泣き声と細い悲鳴を捉えた。

「きゃあああああっ！」

「！」

飛ぶように王都を駆け抜ける。

郊外の建物群を抜けると、赤ん坊を抱いた女性がキメラに襲われそうになっていた。

傍に、先ほどまで話していたラクダ飼いの少年の姿もある。

「く、来るな、化け物っ！　あっちに行け！」

少年は震えながら枝を握り、赤ん坊と母親を守ろうと、強大な魔物に立ち向かう。

しかしキメラは少年を嘲笑うようにして、容赦なく口を開いた。

「ギャギャアアアアアアア！」

耳を劈くような雄叫びの奥。禍々しい牙の並んだ口内で、真っ赤な炎が渦巻く。

「まさか――」

ティトの背を冷たい予感が駆け抜ける。

次の瞬間、親子へ向けて紅蓮の炎が迸った。

「グギャアアアァァアアアッ！」

「ひぃっ……！」

「まさか、魔法を使えるの……⁉」

ティトは驚愕しつつ地を蹴った。

少年とキメラの間に躍り出るなり、爪を下から上へ振り上げる。

「【天衝爪(てんしょうそう)】ッ！」

ティトの爪から生み出された衝撃波が、迫る業火(ごうか)を上空へと巻き上げた。

「ギギィッ⁉」

「！　ティトおねえちゃん……！」

「逃げて！」

ティトが叫ぶよりも早く、キメラが腕を振り下ろした。

「グギャアアアアアア！」

「くっ！」

家ひとつ消し飛ばすほどの重さと威力が乗った一撃を、真っ向から受け止める。

爪と爪とががきりと噛(か)み合い、踏みしめた煉瓦(れんが)が砕けた。いかにティトが膂力(りょりょく)に秀(ひい)でていても、猛(たけ)り狂うA級の魔物を相手に少年たちを庇(かば)いながら戦うには限度があった。

「っ、早く、逃げて……！」

「あ、あっ……母さん、早くっ……！」

「ひ……」

少年は蒼白な顔で母親の服を引く。

しかし赤ん坊を抱いた母親は、足が竦んで動けないようだった。

「ヴヴヴギャアアアアアアア！」

「く、ぅっ……！」

凄まじい重圧に骨が軋む。

「(なんて力、押し潰されそう……！　さっきのキメラより、強いっ……！)」

キメラは獰猛に吼え猛りながら荒れ狂う。その力は先程の個体とは比べものにならないほど強く、少年たちの絶望と恐怖を前に、残虐性が増しているようだった。

「(こいつを倒すには、本気を出すしか……でも、もし今暴走したら……っ！)」

「ギギャアアアアアアアッ！」

割れるような咆哮の向こうで、赤ん坊の泣き声が響く。

守らなければ。柔らかくて温かい、あのか弱い生命を、守らなければ。

なのに――

「だめ……」

意志とは裏腹に、激しい力の奔流が、内側から理性を食い破ろうと猛る。

「だ、め……だめ……っ！」

誰も傷付けたくない。傷付けてはいけない。今暴走すれば、街を壊してしまう。この陽気で優しい人々を巻き込んでしまう。

そう思うのに――

「ッ、う、ぁ……！」

「グギャ、ギャアアアアッ！」

キメラが吼え猛り、口蓋（こうがい）に宿った禍々しい炎が目を灼（や）く。

「……ッ！」

その鮮烈な赤を見た瞬間、ティトの脳裏に、遠い昔の光景が蘇（よみがえ）った。

＊＊＊

まだ幼かった、とある冬の日。

その日は、年中雲に覆われた北国には珍しく、わずかな晴れ間が覗（のぞ）いていた。ティトが陽だまりに咲いていた花を摘んで、待ち合わせに駆けつけた時。狼（おおかみ）の姿をした魔物が、一人の少女に覆い被（かぶ）さって、今にもその細い喉笛を食い破ろうとしていた。

――その少女は、ティトのたった一人の友人だった。

その村では獣人は迫害されていたが、中でもティトは異質だった。

様々な種類の獣人がいる中で、ティトのように一点の曇りもない純白の毛並みを持つ獣人は他におらず、そして何よりも、ティトは不思議な力を宿していた。ティトの毛並みは時折淡い輝きを帯びることがあり、何か神々しい力を感じるのだった。そしてかつて村が『邪獣』に襲われた時、ティトは無自覚にその特殊な力を使って、『邪獣』を倒したのだ。

強大な力を持つ『邪獣』を未知の力で屠ったティトを、雪国に住まう人々は恐れた。大地を凍らせ、命を奪う雪の化身として厭い、忌み子と蔑んだ。

そしてティトへの迫害は、より苛烈になった。

――そんなティトを庇い、唯一親しくしてくれたのが、少女だった。

その少女が、今、魔物に貪り殺されようとしている。

少女の怯えた瞳が、立ち竦むティトをとらえた。

『たす、けて……たすけて、ティ、ト……』

助けを求める声が耳を打った、その瞬間。

ティトの奥深くに眠っていた力が目覚めた。

『う、ぁっ……うあ、あぁ、あぁ、あああぁっ！』

　自分よりもずっと大きなその魔物に、ティトは無我夢中で飛び掛かった。

　鋭い爪に腕を切り裂かれ、肩に噛み付かれながら、命懸けで戦った。

　獣人であるティトは人間に比べて、生まれつき優れた膂力を宿していたが、それでもまだ幼い子どもだった。

　力及ばず、心臓ごと噛み砕かれそうになった寸前。

『ガアァッ、アアァァアアアッ！』

　割れるような咆哮と共に夢中で繰り出した爪が、閃光と化して魔物を引き裂き——そしてその余波は、大切な友人の頬をも掠めてしまったのだ。

『あ……』

　白い雪に散った、鮮烈な赤。そして駆けつけた街の人々の、恐怖に引き攣った顔が、今でも脳裏に焼き付いている。

『この化け物め！　やはり獣人など、鎖に繋いでおけば良かったんだ！』

『なんて恐ろしい……！　二度と人間に近付くな！』

　心が静かに凍り付いていく音を聞きながら、ティトは雪の上に立ち尽くした。

『私の力は、人を傷付けてしまうんだ……もう、力を出しちゃいけない……私は、ヒトとは違う、化け物だから……二度と誰も傷付けないように……力を出しちゃ、いけないんだ……』

＊＊＊

噴き出した記憶に、喉がぎゅうっと締め付けられる。

「(人を、傷付けちゃ、ダメ……！　力を、抑えなきゃ……！)」

焦れば焦るほどに、あの日の絶望や恐怖、哀しみが蘇り、視界が赤く染まっていく。

「グギャァァアアアアアアア！」

キメラの口に、再び激しい炎が宿る。

ティトの背後で、動けない母親に縋り付きながら、少年が掠れた声で嗚咽した。

「たす、けて……たすけて、ティ、ト、お、ねえ、ちゃん……っ」

「……！」

涙に滲むその声が、記憶の少女の声と重なった。

「う、ぁあ……！」

嵐にも似た力の奔流が理性を追い越し、荒れ狂う濁流となってティトを呑み込んだ。

「ッ、ガ……ァアァァ、ァァアアッ！」

視界が真っ赤に染まり、細い喉から割れるような咆哮が迸る。

ティトは爪を振りかざすと、大きく薙いだ。

「グギャアアアアアアッ⁉」

光の斬撃が、キメラの巨体を一瞬で切り裂く。

かつて王国を滅ぼした強大な魔物は、ただの一撃で欠片さえ残さず蒸発した。

「ヴ、ヴヴ……」

それでもティトの内側で燃えさかる炎は消えなかった。

溢れる力が矛先を求めて、身体を内側から突き動かす。

「グルルル……」

「あ、あ……ティトおねえちゃん……」

金色に光る両眼が、少年を捉える。

そこに嫌な予感を覚えたルナが駆けつけた。

「ティト！」

「グゥ、グルルル……」

理性を失ったように唸るティトの姿を見て、ルナは一瞬で状況を判断した。

硬直している母親の肩に手を添えて、低く囁く。

「深く息を吐け。走れるか？」

「っ、あ、は、はい……！」

呪縛から解けたように、母親が喘いだ。

ルナは頷くと、少年へ目を走らせる。

「母親と妹を連れて、すぐにここから離れろ。南の方角へ逃げるんだ」

「う、うん……！」

少年が母親の手を引いて、その場から走り去る。

ティトが膝を矯め、ルナに向かって獣のように身を低くする。

「グルルル……ッ！」

「やはり暴走しているようだな……これで大人しくなってくれ――『蜘蛛』！」

ルナはティトを捕縛するべく糸を放った。

糸はティトに絡みついて、ほんの僅かに動きを止め――しかし、すぐに切り払われた。

「ガ、ァ、アァア……ッ！」

「くっ、やはりこの程度では拘束できないか……！」

狂気に燃える双眸を見据えながら、ルナは思考を巡らせた。

「(私ではティトを抑えられない。レクシアの元に誘導するしかないが、相手は『爪聖』の弟子。暴走状態のまま、果たして誰も傷付けることなく辿り着けるか……)」

微かな危惧が胸に兆した時、ルナの脳裏に、『ティトを頼む』と深々と頭を下げたグロリアの姿が蘇った。

「(――いや、必ず遂行してみせる。ティトのためにも)」

苦悶にも似た唸りを上げるティトを見据えて、決意する。

ルナは鋭く声を上げて身を翻した。

「こっちだ、ついてこい!」

「ッ、ガァアアァアアアッ!」

ルナは暴走状態のティトを誘導しながら、王宮を目指して全速力で走り出した。

＊＊＊

「ナジュム……あなた、なんてことを……!」

王宮の庭園。

王都の方から悲鳴と叫喚が響く中、レクシアとライラはナジュムを睨み付けていた。

「ははは！　さあ、最高の舞台の始まりだ！」

ナジュムが両手を広げると同時、夜空から巨大な影が降り立ち、土煙を巻き上げる。

煙が晴れると、レクシアたちの前に一体のキメラが立ちはだかっていた。

「な……！」

「ヴヴ、ヴ……」

「はは、来てくれたか！　我が従順なる僕よ！」

獰猛に牙を剝き出すキメラの向こうで、笛を手にしたナジュムが勝ち誇る。

「何もかもを破壊する獰猛なる爪牙を前に、手も足も出まい！　生意気な小娘め、肉片となるがいい！」

「……ッ！」

護身用の短剣を抜くレクシアの隣で、ライラが呪文を詠唱する。

レガル国の王女として魔法の心得があるライラだが、その詠唱が終わるよりも早く、キメラが飛び掛かった。

「グギァアアァァァアアッ！」

「きゃ……！」

「ライラ様！」

レクシアはライラを押し倒して伏せた。

鋭い爪が二人の頭上を掠めたかと思うと、ゴガアアアアアアアッ！　と背後にあった離宮の屋根を吹き飛ばした。

「ヴウ、グルルルル……！」

「そ、そんな、爪の一振りで……！　なんて力なんですの……⁉」

「ははは！　いいぞ、いいぞ！　獲物が無様に足掻けば足掻くほど、狩り甲斐があるというものだ！」

ナジュムの狂気に呼応して、キメラが低く身構える。鋭い牙の間から炎の舌が覗き、ぎらぎらと濡れ光る目がレクシアたちを捉えた。

「れ、レクシア様……！」

「大丈夫、大丈夫よ……！」

レクシアは、戦くライラを背に庇った。

恐怖で喉が干上がり、足が竦む。それでもレクシアは、唇を噛んでキメラを睨み付けた。

頭をもたげ、強大な魔物に真っ向から立ち向かう。

「ユウヤ様なら……――」

レクシアの脳裏には、黒髪黒目の少年の姿が浮かんでいた。かつて自分を救い、今も多くの人のために戦い続ける、最強無双の少年。

「ユウヤ様なら、逃げたりしない……！　絶対に守り抜くわ！」

ライラを背に庇って叫ぶ。

大好きなあの人に少しでも近付くと決めたのだ。そう決意すると同時に、胸の奥が熱く燃え上がった。

「大丈夫よ、こんなところで負けたりしない。絶対にユウヤ様に再会して、褒めてもらうんだから……！」

身体の底で生まれた熱が、指先まで巡る。

その熱が腕に到達した瞬間、グロリアからもらった腕輪が輝きを帯びた。

その輝きはレクシアの想いに呼応して、強く眩く膨れあがる。

「っ、これは……!?」

「グギャアアアアアアア！」

キメラが雄叫びを上げ、その口から紅蓮の業火が放たれる。

レクシアは真っ向からその炎を睨み付けた。

「私はこんな所でやられたりしない！　あなた如きに、この身が焼き尽くせるものですか！」

鋼さえ融(と)かす灼熱(しゃくねつ)の炎へ向けて、レクシアは本能のままに手をかざした。

腕輪の輝きが最高潮に達し、細い手のひらに眩い雷光が宿る。

「喰(く)らいなさい！　【ライトニング・ストーム】！」

凛と気高い声が夜空を裂くと同時、レクシアの手から迸(ほとばし)った白銀の雷撃が、荒れ狂う竜のごとく炎を呑み込み、キメラをも喰らい尽くした。

「グギャアアアアアアアッ⁉」

凄(すさ)まじい光の奔流が、強大な魔物を塵(ちり)も残さず消し飛ばす。

「な、アッ……⁉」

「きゃっ！」

魔法が炸裂(さくれつ)すると同時に腕輪が砕け散って、レクシアは短い悲鳴を上げた。

そして、光が消えた後。

キメラがいた場所には、その残滓(ざんし)すらも残っていなかった。

「な、な……わた、私の、キメラが……」

かつて王国さえ滅ぼした魔物が影も残さず消滅したのを見て、ナジュムが声を失う。

ライラも信じられないものを見たように唖然(あぜん)としている。

「な……なんですの、今の魔法、そしてあの威力は⁉　レガル国でもこんな魔法を使える魔術師はそういないはず……！　それにレクシア様が攻撃魔法を使えるなんて、聞いたことがありませんわ……!?」

「はぁ、はぁっ……！」

レクシアは一気に魔力を失って息を荒らげていたが、自分の魔法がキメラを殲滅したことに気が付くと、ぱぁっと顔を輝かせた。

「私、今、攻撃魔法を使えたの……!?　すごい、すごいわ！　ねえ見た、ライラ様!?　私、やったわ！」

「え、ええ」

ライラと手を取り合ってひとしきり喜ぶと、ナジュムへと高らかに指を突きつける。

「さあ、あなたの野望は絶たれたわ！　大人しくお縄につきなさい！」

ナジュムは呆然と立ち尽くしていたが、やがて顔を伏せ、低く笑い出した。

「く、ククク……ぐ、ギ……グギ、ぎギギィ……」

「な、なに？」

まるで油の切れたブリキ人形のような不気味な様子に、レクシアが後ずさる。

ナジュムはゆっくりと顔を上げた。

「ギ、ギギィ……私ノ最終兵器が、キメラ、だけだト、思ッた、か……？」

「え……？」

「魔物に勝ッタだけで思い上がルなよ、小娘ガ……ギギ、グギギギ……」

歪な笑い声と共に、その身体が変貌を始める。

「な……」

「ギ、ギ……取るニ足らない虫ケラどもめガ、まさカこうまでコケにしてクレるとはナ……ここマで来たら、やるしかナい……己ノ愚かシさを後悔すルがイい……！」

ナジュムの足元からざわざわと不気味な靄が湧き立った。漆黒の靄が這い上るにつれ、肌は黒く変色し、瞳は血のように赤く染まる。

まるで夜闇を凝縮したような禍々しい姿に、ライラが息を呑んだ。

「そ、その姿は……!?」

「グギぎ、ギィ……我は人ヲ超越した存在……『邪獣』との融合を果たシ、『半邪』となっタのダ……！」

「なんですって!?」

「イリス様やティトが言っていた『邪獣』の気配はこれだったのね……！」

蒼白になるライラの横で、レクシアが目を瞠る。

「ギギ、ギ……『邪獣』ヲ取り込むコトで、我は生キながラにして『邪』ノ力を操る術を手ニ入レた……。キメラはただダの予備装置に過ギん、この力ガあレバ、世界ヲ手に入れルことナど容易イ……！」

人でもなく、邪獣でもないもの。

命の理をねじ曲げた醜悪な姿を睨み付けて、レクシアは鋭く叫んだ。

「そんな……そんな邪法が許されるとでも思ってるの⁉」

しかしおぞましい存在となったナジュムは、応える代わりに庭の一角へと手をかざした。

「見るガいい、この強大な力ヲ……！」

ナジュムの手のひらに黒い光が集束し、小さな球となって放たれる。

その球が地面に着弾した瞬間、ドゴオオオオオッ！　という爆発音と共に一瞬にして庭が吹き飛び、ごっそりと抉れた。

「…………！」

「は……ふハ、ハハハはハ！　素晴らしイ！　身体の底カら力が溢れてクるッ、これガ『邪獣』ノ――『邪』の力か……！　はは、はハハはは！」

ナジュムは哄笑を上げながら、絶句するレクシアたちへと手を向ける。

「っ！　あなたの好きにさせるものですか！　【ライトニング・スト――】」

レクシアは再び魔法を放とうと手をかざし――その場に崩れ落ちた。

「レクシア様⁉」

「はぁ……はぁっ……魔力、が……！」

目がかすみ、全身から力が抜ける。先程の強大な魔法を放ったことで、魔力を使い果たしてしまったのだ。

「グギギ、なんダ、もう終わりカ？」

「っぅ、く……！」

立ち上がることさえできないレクシアを庇って、ライラが魔法を編み上げる。

「【ファイアー・ボール】！」

しかしナジュムへと撃ち出された炎の球は、腕の一振りであっさりと弾(はじ)かれた。

「っ！　そん、な……！」

「グギ、ギぎギッ……想像以上の力ダ……！　もハや我に敵ウ者ナど、地上ノどこニも居(お)りはすマい……！　世界ハ我が支配下に降(クダ)ルのダ……！」

勝ち誇った笑みを浮かべるナジュムを、レクシアは息を荒らげながらも睨(にら)み付けた。

「っ、それはあなたの力ではないわ……！　我欲のために多くのものを踏み台にしたあなたに、人の上に立つ資格はない！」

「グギぎギ、コの期(ゴ)に及ンで減らず口を……そノ顔、絶望と恐怖ニ歪(ユガ)メテやロう！」

ナジュムはレクシアたちへ手をかざし、わざと掠(かす)めるようにして黒い球体をいくつも撃ち出した。球は二人の背後にある壁に着弾して爆発を巻き起こし、王宮に巨大な穴を穿(うが)つ。

「きゃっ……！」

吹き付ける爆風に声もなく翻弄される二人を見て、ナジュムが目を細めた。

「ギギッ、ギギャギャギャギャ、いいザマだなァ!?　さア、我が強大ナる力の前にひレ伏すがイい、取る二足らナいちっぽケな生命ヨ！」

ナジュムは上空へ手をかざした。レクシアたちの遥(はる)か頭上に黒い靄が集まり、無数の黒球が生み出される。

「っ……！　あんなものが降り注いだら……！」

空を見上げるライラの目が絶望に染まる。

もはや逃げ場はなく、『半邪(はんじゃ)』となったナジュムを打ち倒す術もない。

「ギギ、ギギギッ。コレで終わりダ、跡形モなく消シ飛ぶがイイ――！」

凍り付くレクシアたちに無数の黒球が降り注ごうとした、次の瞬間。

「ガ、アアアアアアッ！」

上空から白い閃光が突っ込んで、球体を蹴散らした。

「んなっ⁉」

ナジュムが咄嗟に跳び退り、その目の前に小柄な人影がドガアアアアアアアアッ！

と地面を抉りながら着地する。

白い猫耳の生えた少女の姿を見て、レクシアが声を弾ませた。

「ティト⁉　無事だったのね――」

「待て、レクシア！」

駆け寄ろうとしたレクシアの隣に、ルナが降り立つ。

「ルナ！　二人がここに来たってことは、キメラは片付けたのね！」

「ああ、私たちが倒せるだけは倒した！　残るはあと一匹だが――」

「それは私が倒したわ！」

「なんだと⁉　それは一体……いや、詳しい話は後で聞こう、今は――」

「グルルルル……」

レクシアはルナの視線を追い、獣のように唸るティトを見て息を呑んだ。

「もしかして、暴走してるの？」

「おそらく住人をキメラから守ろうとして暴走状態になってしまったのだろう。正気に戻すためにここまで連れてきたが……──あの黒い化け物は一体……？」

　レクシアがはっと気付いて説明する。

「宰相よ！　ナジュム宰相が、『邪獣』と融合してたの！　イリス様やティトが感じた気配は、『半邪』になったナジュム宰相だったのよ！」

「なんだと⁉」

「『邪獣』の力を手に入れた宰相はとんでもなく強いわ！」

「わたくしの魔法も効きませんでした、あれでは歯が立ちませんわ……」

　ナジュムは、突如として現われたティトを見てつまらなそうに鼻を鳴らした。

「ふん、虫ケラが何人増えようガ同ジこと。纏メて塵ニしてヤる──」

　再び邪の力を放とうと手をかざす。

　しかし、『邪獣』と融合したその姿を見た途端、ティトの身体が光を帯びた。

「グルルルル……！」

　白い毛並みが純白に輝き、光の波動が放たれる。

「ガアアアアアアッ！」

「っ、な……⁉」

　ティトを中心に、神々しい光の輪が、輝ける大輪の花のように広がっていく。

その波動を浴びたナジュムは、顔を歪めて苦しみ出した。

「グッ、なん、ダ……なんだッ、コノ光は⁉　が、アアっ、苦しイっ、一体なんなのだ、コの力はァアあぁぁッ⁉」

ナジュムから引き剝がされるようにして、黒い靄が分離していく。

「なに⁉　何が起こってるの⁉」

「これは一体……⁉」

「うっ、ガァア……ッ！　やめロ、やめろッ……やめろォオオオオオッ！」

ナジュムが苦悶に顔を歪めて絶叫する。

やがて、黒い靄は完全に抜け出ると、地面に蟠った。

黒い澱みはざわざわと寄り集まり、漆黒の獣を形作る。

「グ、ギ……ギィイ……ッ」

「！　『邪獣』が……！」

「もしかして、今の光で『邪獣』を分離したの⁉」

「あ、ァあ……ぁ……」

人間の姿に戻ったナジュムは、そのまま白目を剝いて気絶した。

「ぐぎ、グギギギィ……」

ナジュムから分離した黒い獣は、真っ赤な双眸でレクシアたちを睨み付ける。

「っ、……！」

「グギィギャァッ！」

レクシアに躍りかかろうとした邪獣に、ルナは糸の束を放った。

「『螺旋』！」

「グギィギイイイィィイイッ⁉」

邪獣が弾き飛ばされて地面に転がる。

身を起こそうとした邪獣に向かって、ティトがすかさず腕を薙いだ。

「ガアアアアアアアアッ！」

「ギギャァアアアアアッ⁉」

爪から放たれた幾条もの閃光が、嵐のように乱舞して邪獣を切り裂く。

邪獣はなんとか抵抗しようとするが、ティトはそれを上回る速度と力で邪獣を圧倒した。

「す、すごい、邪獣を一方的に……！」

「これが『爪聖』の弟子の実力か……！」

「ギギャ、ギャ……」

やがて邪獣が倒れ、動かなくなった。

「これで、終わった……のか……？」

ルナが呟いた時、ティトが夜空に冴え冴えと輝く月を仰いで、咆哮を上げた。

「ガ、ァァァァ……ッ！」

「！　まだこっちの暴走は終わっていない！　レクシア、ティトを頼む！」

「分かったわ！」

レクシアは崩れそうになる膝を叱咤して立ち上がった。

「ティト！」

「ッ、グルルルル……！　ガアアアアアアッ！」

ティトが振り返る。今にも飛び掛かろうと牙を剥き——しかしレクシアは躊躇わず駆け寄ると、その身体を抱きしめた。

「——ガ、ァ……ッ！」

目を見開くティトを抱く腕に、力を込める。

「大丈夫、もう大丈夫よ！　だからお願い、いつものティトに戻って……！」

振り絞るような叫びと共に、レクシアの身体から透明な波動が放たれた。

「ッ、グゥ、ヴ……！」

ティトを支配していた力が徐々に抜け、暴走が鎮まっていく。

その様子を見て、ライラが息を呑んだ。

「あれは……あの力は……」

「大丈夫、大丈夫よ、ティト。あと、もう少し──」

しかし、ティトが完全に戻る前に。

「グギャアアアアアアッ！」

「なっ⁉　あの邪獣、まだ生きていたのか⁉　──危ない！」

ルナが動くよりも早く、絶命したかに思えた邪獣がレクシアたちに飛び掛かった。

「ッ、ガ、アアアアアッ！」

「きゃっ⁉」

ティトがレクシアを振りほどいて邪獣を迎え撃ち、よろめくレクシアをルナが支えた。

「レクシア、大丈夫か！」

「ええ、でも、まだ暴走を鎮めきれてないのに……！」

「ガアアアアアッ！」

「グギャアアアアアアアアアアッ！」

ティトと邪獣が激しくぶつかり合う。

荒れ狂うティトを見て、ライラが息を呑んだ。

「先程よりも激しい……まるで、狂戦士のような……」

「『邪獣』と戦うごとに、暴走が加速しているのか……⁉　このままじゃ戻って来られなくなるぞ……！」

ティトの瞳が力に支配され、狂気に染まっていく。

レクシアは嗄れた声で叫んだ。

「自分を思い出して、ティト！　あなたは『爪聖』グロリア様の弟子で、私の――私たちの、大切な仲間よ！」

「……――！」

その瞬間、押し寄せる力の奔流の中、ティトの内側で微かな理性の光が瞬いた。

「（大切な、仲間……――）」

優しい声と、自分を抱きしめてくれた腕のぬくもりを思い出す。

「（力を、抑えなきゃ……っ、ううん、違う……。自分で、ちゃんと使いこなすんだ……立派な『聖』になって、大切な人たちを守るために……！）」

焼け焦げた脳裏に、自分を仲間として受け入れてくれたレクシアやルナ、『剣聖』イリスの教えてくれた言葉が蘇る。

「(怯えるんじゃない。大切な人を守るために、自分の力を受け入れるんだ……！　これからも、レクシアさんとルナさんと一緒に戦いたい……一緒に居たい……だから……！)」

沸騰する意識の底、歯を食い縛り、暴走する力に抗う。

「ッ……！」

刹那、ティトの瞳に理性の光が戻った。

同時に光を宿した爪を大きく薙いで、邪獣の胴を両断する。

ズバァアアアアッ！

「グギ、ギ、ギィ……」

眩い一閃に切り裂かれて、邪獣が息絶えた。

「あ……わた、し……初めて、自分で、戻ってこられ、た……？」

ティトは信じられないように両手を見つめていたが、ゆっくりと振り返った。

レクシアたちの無事を確かめた直後、張り詰めた糸が切れるように、意識が途切れる。

「無事で、良かっ、た……」

気を失って倒れ込むティトを、レクシアとルナが抱き留めた。

「……よく頑張ったな、ティト」

ルナが噛みしめるように呟く。

レクシアも微笑んで、目を閉じているティトの頭を撫でた。

「あ……うぐ、うっ……」

しわがれた呻きに振り返ると、ナジュムが意識を取り戻したところだった。

ナジュムは地に伏したまま、うつろな視線を這わせ──己の中から邪獣の力が消え去ったことに気付いたらしい。

「な……まさ、か……『邪獣』と融合を果たした私の力を、無力化したのか……っ⁉　私から邪獣を引き剝がした、あの力ッ……まさか、『聖』の……⁉」

畏怖と驚愕に満ちた目が、先頭に立つレクシアを見る。

「なぜ……なぜこうまでして、我が野望を阻む……なぜ『聖』など連れている……！　小娘ェッ、貴様一体、何者なんだっ……⁉」

屈辱に歪んだ目が、レクシアを見上げる。

レクシアは汚れた金髪を毅然と払い、真っ向からその視線を受け止めた。

「私はレクシア・フォン・アルセリア。アルセリア王国の第一王女よ。そしてこの子たちは、私の大切な、自慢の仲間よ！」

「な、ぁっ……!? あ、アルセリア王国の、王女、だとォッ……!?」

ナジュムは愕然としながら、翡翠色の瞳をした少女を見上げた。

単なるメイドだと——取るに足らない小娘だと侮っていた。なぜ一国の王女がここに。

なぜ無双の供を連れて、よりにもよって自分の前に立ちはだかったのか。

「あなたの野望はここに潰えたわ。もう二度と、大それた野望は抱かないことね」

泥に汚れてなお眩く輝く金髪が夜風になびき、宝石のように澄んだ瞳が星を宿して瞬く。

その細い身体には、本物の気高さと威厳が満ちていた。

レクシアの背後で、眠るティトを抱いたルナとライラが、ナジュムを睨め付ける。

「あ、あ、ぁ………」

王都を守り、国を守り、多くの人々を守るために強大な魔物や邪獣に立ち向かった勇敢な少女たちの前に、欲に溺れた哀れな男はただ打ち拉がれることしかできないのだった。

エピローグ

宰相ナジュムによる国家転覆の目論見(もくろみ)によって、サハル王国の王都が騒乱のただ中に叩(たた)き落とされた、次の日。

事の次第を知ったブラハ国王は、すぐさまライラとレクシアたちを招き、深く詫(わ)びた。

「本当に、本当にすまなかった。ナジュムは厳重に処罰し、我が息子にも、二度とこのような愚行は起こさぬよう、よく言い聞かせよう」

その隣で、ザズ王子も深々と頭を下げる。

「こ、心から申し訳ない……今までは魔法研究一筋だったけど、ちゃんと外交を学ぶよ……。それで、ええと、ら、ライラ王女……よ、良かったら、今度、魔法を学ぶために、ぜひレガル国に訪問させて欲しい……の、ですが……」

「ええ、喜んで。両国の発展のために、これからも良き友として、共に邁進(まいしん)いたしましょう」

ライラの快い返事に、ザズ王子は挙動不審になりながらも喜びを爆発させていたという。

＊＊＊

「ブラハ様、真っ青になってたわね」

「まあ、サハル王国どころか世界の危機になってもおかしくなかったからな。しばらくは諸外国や貴族諸侯からの追及を受けて苦しい立場になるだろうし、当然だろう」

ブラハ国王は、宰相が前代未聞の災禍を引き起こしただけではなく、それを解決したのがお忍びでサハル王国を訪れていたレクシア一行だと知って、大いに泡を食っていた。

ブラハ国王の狼狽っぷりを思い出して、レクシアは喉を鳴らして笑った。

「とにかく、これで一件落着ね！」

レクシアたちは、ライラを見送るために王都の門の前に立っていた。ライラの出立を見届けたら自分たちもサハル王国を後にする予定で、すでに旅立ちの準備は万端だ。

揺らめく陽炎の向こうに、レガル国からの迎えがやってくるのが見える。

ライラは改めて、レクシアたちに頭を下げた。

「本当にありがとうございました。レガル国に戻ったら、愛する国と、愛する人々のために、力を尽くしますわ」

「オルギス様もレガル国の人たちも、きっと喜んでくれるわ」

「ええ。それに、今回のことで身に染みましたわ」

「？　何が？」

首を傾げるレクシアに、ライラはいたずらめいた笑みを見せた。

「サハル王国に滞在している間、従順でお淑やかな婚約者を演じようと努めていたのですけれど、息が詰まってしまって。やはりわたくしを娶るのであれば、わたくしと対等にぶつかり合えるような、強い殿方でなければ」

「ふふ。ライラ様はそうでなくちゃね」

望まぬ政略結婚から解き放たれたライラは、晴れ晴れとした顔で笑った。

「それに、今回の件で、両国の親交と魔法研究の発展に寄与できそうですわ。ブラハ国王とザズ王子の弱味も握れましたし、一石二鳥ですわね」

今回ザズ王子やナジュム宰相がライラにしでかした行為は、本来であれば国の不祥事として徹底的に糾弾されるべきだったが、ライラたっての願いで不問となった。その代わりに、今後はライラ自身がサハル王国への大使を務め、以後の外交がレガル国に有利に進むのは間違いなさそうだった。

「転んでもタダでは起きないか。王族というのは逞しいな」

ルナが苦く笑う。

レクシアはふと、ティトが俯いていることに気が付いた。

「どうしたの、ティト？」

「あの、私……また暴走してしまって……本当に、ごめんなさ——うぶ」

頭を下げようとしたティトの頬を、レクシアは両手で挟んだ。

翡翠色に輝く瞳で、ティトをまっすぐに覗き込む。

「謝ることなんかないわ。キメラも邪獣も、私たちだけでは倒せなかった。ティトがいてくれたから勝てたんだもの」

「れ、レクシアさん……」

「レクシアの言う通りだ。ティトはサハル王国の王都と、そこに住むたくさんの人たちを守ったんだ。グロリア様も、きっと誇りに思うさ」

「そうよ！　それに邪獣を分離したあの力！　宰相が、『聖』の力って言ってたけど……あれはどうやったの？」

「す、すみません、あまり覚えてなくて……。でも、昔育った村でも、不思議な力があるって言われていて……」

「ふうん？　とにかくすごい力だわ！　それに力の制御だって、どんどんできるようになってるし！　ティトは成長したのよ、自信を持ちなさい！」

「は、はいっ……！」

レクシアはほにかむティトの頬を満足そうにむにむにとつまんでいたが、はっと思い出したように手を打った。

「そうだ！　成長といえば、私、魔法が使えるようになったのよ！」

「お前が？　魔法を？」

不信感を露わにするルナに、レクシアは胸を張った。

「本当なんだから！　見てなさい！　【ライトニング・ストーム】！」

レクシアは虚空へと手をかざして意気揚々と叫び――

「……あら？」

「何も起こらないな」

「ちょ、ちょっと待って!?　【ウォーター・ボール】！　【ファイアー・アロー】！　【ウインド・スピアー】っ！」

「……いくら成長を見せたいからといって、嘘をつくのはどうかと思うぞ？」

「嘘じゃないわよ!?　本当の本当にできたんだからー！」

涙目になるレクシアに、ライラが助け船を出す。

「レクシア様のおっしゃることは本当ですわ。レクシア様は魔法でキメラを倒して、わたくしを救ってくださったのです。それも、見たこともないような強大な魔法で」

「ほらねっ⁉」

「嘘じゃなかったのか……。だが、なぜそんな強大な魔法を使えたんだ？」

「んー、よく分からないけど、身体が熱くなって、ぶわあああ！　どかーん！　って」

「恐ろしいほど伝わってこないんだが」

「あの、そのことなのですが……こちらを」

ライラがハンカチを開く。

すると、中から破片が現われた。

「あっ！　グロリア様にもらった腕輪！　拾ってくれてたのね！」

「粉々じゃないか、どうしたんだ？」

「キメラを倒した時、魔法を使うと同時に砕けちゃったのよ。そういえば、魔法を使う時に光ってたわね」

キメラと戦った時のことを思い出すレクシアに、ライラが頷く。

「おそらく、魔法の発動を補助する魔道具ですわ。とても貴重なものですが、魔法の負荷に耐えられず、砕けてしまったのかと」

「グロリア様、そんなに大事な物をくれたのね」

砕けた破片を、レクシアはそっと撫でた。

「でも、そっか。私が魔法を使えるようになったわけではなかったのね……」

「腕輪の補助があったとはいえ、あれだけ強大な魔法を放てたのは、レクシア様の膨大な魔力があったからこそです。素晴らしい魔法でしたわ」

ライラの言葉を受けて、レクシアはぱっと顔を輝かせた。

「そう、そうよね！　私には特別な力があるって、グロリア様も言ってくださったし！」

「特別な力、ですか？」

「レクシアさんは、私の暴走を止められる、不思議な力を持っているんです」

ティトの言葉に、ライラが「あの時の……」と思い出す。

「原理は謎だがな。お前一体どうやったんだ？」

「気合いよ！」

「はあ、話にならん……」

「何よー！　自分でもよく分からないんだからしょうがないでしょ!?　やったらできたのよ！」

ライラは少しの間考え込んでいたが、思慮深げに口を開いた。

「レクシア様。あれはもしかすると、【光華の息吹】と呼ばれる力ではないでしょうか？」

「【光華の息吹】？」

「ええ。エルフの中でも限られた者が持つと言われる魔力で、人の精神に作用する、特殊な力です。その力を持つ者の心を反映して、相手の感情を浄化する――相手が抱いている怯えや怒り、嫉妬、憎しみや哀しみなどを払い、本来あるべき状態に戻す力と言えばいいでしょうか……。レクシア様は、ハイエルフのお母上からその力を受け継いだのでは？」

「お母様から受け継いだ力……」

「そうか、それでティトの暴走も止めることができたのか」

ティトの暴走には、自分自身への怯えが深く関わっていた。その怯えをレクシアの魔力が払うことで暴走が止まったのだと考えれば納得がいく。

それを裏付けるように、ティトが何度も頷いた。

「レクシアさんの声が届いた時、胸が温かくなった気がします。心が澄み渡って、本当の自分に戻るような……」

「人の精神に作用する、特殊な魔力か。……ふっ。なんというか、レクシアらしい力だな」

ルナの視線を受けて、レクシアは嬉しそうに胸を張った。

「よく分からないけど、ティトの暴走を止めるのにうってつけの力ってわけね！　やっぱり私たち、仲間になるために出会ったのに違いないわ！　これからもよろしくね、ティト！」

「こ、こちらこそ、よろしくお願いしますっ！」

片目を瞑るレクシアに、ティトが嬉しそうに頭を下げる。

レガル国の迎えが近付いてくる。

ライラはレクシアたちを見つめて、目を細めた。

「本当にありがとうございました。父も手紙で、ぜひお礼を言いたいと。旅から帰った暁には、またレガル国にいらしてください。改めてお礼をさせていただきますわ。……それと、あの……良かったら、またみなさまと……」

「ええ！　またみんなで一緒にお風呂に入って、お泊まり会をしましょう！　それまでに、枕投げの腕を磨いておくわね！　今度は負けないんだから！」

「王女が枕投げの達人になってどうするんだ……」

ライラが口を押さえて笑った時、遠くから声が聞こえてきた。

「おーい！　おねえちゃんたち～！」

街の住人や兵士たちが、出立を聞きつけて見送りに来たのだ。

「王都を守ってくださって、本当にありがとうございました」

「また来ておくれ。ほら、お土産を持ってお行き」

「ありがとう、サハル王国はとても素敵な国だったわ。また、元気の出る歌や音楽を聴かせてね」

レクシアたちが一国の王女とその護衛であるとは知らず、一介の旅人だと思っている彼らは、三人の手を取って名残惜しそうに感謝を述べる。

その中には、例のラクダと、飼い主の少年の姿もあった。

自分が暴走した時のことをルナから聞いていたティトは、少年に駆け寄って頭を下げる。

「あの……怖い思いをさせてしまって、本当にごめんなさい……！」

「ううん！　キメラと戦うティトおねえちゃん、すごくかっこよかったよ！　おれたちを守ってくれて、ありがとう！」

少年に手を握られて、ティトが涙ぐむ。少年の後ろでは、赤ん坊を抱いた母親が微笑(ほほえ)んでいた。

街の兵士たちが、ルナに頭を下げる。

「王都がキメラに襲われた時、俺たちは怯えるばかりで、何もできなかった……君が勇敢に戦う姿を見て、目が覚めたよ。俺たちもちゃんと修練して、この街や人々を守れるようになる。本当にありがとう」

「礼を言われることじゃないさ。これからも、街の人々を守ってやってくれ」

その隣で、ラクダが名残惜しそうにレクシアに頬ずりした。

「ブモモ～」

「ふふっ、見送りにきてくれてありがとう。お別れは悲しいけど、また会えるのを楽しみにしてるわ！」

砂漠の空に、明るい笑い声が響く。

レガル国に発つライラを見送り、温かい人々に手を振って、レクシアたちはサハル王国の王都を後にした。

＊＊＊

「砂漠という過酷な環境にありながら、いい国だったたな」

「はい！　みなさん明るくて優しかったです。素敵な装飾品や工芸品もたくさんあって」

「そういえば、この剣、本当に貰っちゃって良かったのかしら？」

レクシアはふと、腰に吊した短剣を引き抜いた。

サハル王国を守ったお礼として、ブラハ国王より授かった宝剣だ。ブラハは『この宝剣は、国の危機を救った者に渡すようにと言い伝えられていてな。レクシア殿の役に立ててくれ』と譲ってくれた。

見事な細工と宝石の装飾が施された柄を、太陽にかざす。

「なんでもこの宝剣、すごい伝説があるらしいわ。かつてサハル王国が常闇の暗雲に覆われた時、一振りでその暗雲を引き裂いて、天への道を切り開いたんですって」

「そんなすごい逸話が⁉　すごく綺麗な短剣ですね」

「ええ。それに軽いから、私にも扱えるわ」

レクシアは気に入ったのか、宝石のついた宝剣をぶんぶんと振っている。

「宝剣は、そう気軽に振り回すものではないと思うが……」

「あら、貰ったんだもの、どう使おうと私の勝手じゃない。それともルナとティトが使う？」

「私は糸で十分だ」

「わわわ、私も爪があるのでっ！　宝剣だなんて、恐れ多いです……！」

「そう？」

小首を傾げて、宝剣を無造作に鞘に納める。

ルナがオアシスに聳える白亜の宮殿を振り返った。

「しかし、思ったよりも長い滞在になったな」

「そうね。でも、たくさん人助けできたし、幸先がいいわ！」

「人助けの一言で済むような騒動ではなかったと思うが……というか、何か忘れているような気がするな……？」

「奇遇ね、私もちょうどそんな気分だったの」

レクシアとルナは首を傾げ――

「……アーノルド様が、街に着くごとに手紙を出せと言っていたな」

「あ、完全に忘れてたわ」

レクシアはぺろりと舌を出すと、砂漠の先を指さした。

「まあいいじゃない！　次に行きましょ、次！」

「はあ。サハル王国での一件を聞いたら、アーノルド様は卒倒するかもしれんぞ」

そんなことはどこ吹く風。

レクシアは淡く染まった頰を押さえた。

「それにしても、私ったらまた成長しちゃったわ！　これで少しはユウヤ様に近付けたかしらっ？」

「どうかな。ユウヤの強さは規格外だからな。キメラや邪獣くらい、ものの数秒で片付けただろう」

「⁉　ゆ、ユウヤさんって、本当に何者なんですか……⁉」

「世界で一番強くてかっこいい、私の旦那様よ！」

「前半はその通りだが……事実じゃないことを堂々と語るな」

「何よ、もうすぐ事実になるんだからいいじゃない！」

「そういう問題じゃない。それより、レクシアは家事を練習したほうが……いや、なんでもない」

「なんで目を逸らすのよ⁉」

賑やかなやりとりに笑いながら、ティトが首を傾げる。

「ところで、確認する前に出発してしまったんですけど……次はどこへ向かうんですか？」

するとレクシアは胸を張った。

「それはもちろん、これから決めるわ！」

「決まってなかったのか⁉」

「あ、あんなに堂々と出てきたのに⁉」

「そうよ！　風の向くまま気の向くまま、予定なんて決めずに身を任せるのが、旅の醍醐味ってやつじゃない！」

「そんなことを言ってるから、いつもろくでもないトラブルに巻き込まれるんだぞ⁉」

「大丈夫よ、そうそうおかしなトラブルなんて降ってこないわよ。次はこのまま南下して、南の海にでも行っちゃう？　それとも、東方の文化を観に行くのもいいわね！」

その時、三人の頭上に影が差した。

「あら？」

「ん？」

空を仰ぐレクシアにつられて、ルナとティトも上を見上げる。

そんな三人めがけて、青い空から何かが落ちてくる。

それは、一人の女の子だった。


「「「え……え……えええええええええええ⁉」」」

砂の大地に、新たな騒動の始まりを告げる絶叫が響き渡ったのだった。

あとがき

はじめまして、琴平稜(ことひらりょう)です。

この度は本書をお手に取っていただきまして、誠にありがとうございます。

この作品は、美紅(みく)先生作「異世界(いせかい)でチート能力(スキル)を手(て)にした俺(おれ)は、現実世界(げんじつせかい)をも無双(むそう)する～レベルアップは人生(じんせい)を変(か)えた～」通称「いせれべ」のスピンオフとなっております。

本編は人気爆発中で、まさに規格外の面白さ。そんな作品のスピンオフを書かないかとお声掛けいただいた時は、夢ではないかとメールを五度見しました。興奮と緊張で胃が爆発しそうになりつつも、美紅先生と編集様に支えられながら無我夢中で疾走し、こうしてガールズサイドをお届けできる運びとなりました。

本ガールズサイドでは、世界を救う旅に出たレクシアとルナにフォーカスし、さらに新たなヒロインが加わって、砂漠の国の陰謀に立ち向かうという内容になっております。本編とは少し違う視点から「いせれべ」の世界を楽しんでいただけましたら幸いです。

それでは、謝辞に移らせていただきます。

迷走しがちな私と一緒に地図から描いて伴走してくださる編集様。いつも温かく導いていただき、またこのような大変貴重な機会をいただきまして、感謝の念に堪えません。

美紅先生。お忙しい中、監修や助言等してくださいまして、本当にありがとうございます。美紅先生の懐の深さと器の広さに「なるほど、この方から天上優夜くんが生まれたのだなぁ」と腑に落ちまくり五体投地する日々でございます。

素晴らしいイラストを描いてくださった桑島黎音様。いつもカッコよく、可憐で華やかなイラストを拝見して憧れておりましたので、大変嬉しいです。ラフやイラストが送られてくる度にパソコンに向かって拝んでおります。

そして、この本をお読みいただいている皆様。

本当にありがとうございます。

三人のヒロインが繰り広げる破天荒で賑やかな旅、少しでも楽しんでいただけましたら、それに勝る喜びはございません。

それでは、またお会いできる日を願いつつ。

琴平稜

お便りはこちらまで

〒一〇二−八一七七
ファンタジア文庫編集部気付
琴平稜（様）宛
美紅（様）宛
桑島黎音（様）宛

異世界でチート能力を手にした俺は、現実世界をも無双する　ガールズサイド
～華麗なる乙女たちの冒険は世界を変えた～

令和４年12月20日　初版発行

著者――琴平　稜

原案・監修――美紅

発行者――山下直久

発　行――株式会社KADOKAWA
〒102-8177
東京都千代田区富士見2-13-3
0570-002-301（ナビダイヤル）

印刷所――株式会社暁印刷

製本所――本間製本株式会社

ISBN978-4-04-074769-9 C0193　◇◇◇